KB270966

潛魔劍仙
잠마검선

김현영 新무협 판타지 소설
FANTASTIC ORIENTAL HEROES

잠마검선 6

김현영 新무협 판타지 소설

초판 1쇄 찍은 날 § 2009년 8월 17일
초판 1쇄 펴낸 날 § 2009년 8월 27일

지은이 § 김현영
펴낸이 § 서경석

편집장 § 문혜영
편집 § 서지현

펴낸곳 § 도서출판 청어람
등록번호 § 제1081-1-89호
등록일자 § 1999. 5. 31
어람번호 § 제2-1800호

주소 § 경기도 부천시 원미구 심곡2동 163-2 서경B/D 3F (우) 420-822
전화 § 032-656-4452 팩스 § 032-656-4453
http://www.chungeoram.com
E-mail § eoram99@chollian.net

ⓒ 김현영, 2009

ISBN 978-89-251-1903-8 04810
ISBN 978-89-251-1775-1 (세트)

潛魔劍仙

잠마검선

6

심검
[완결]

김현영 新무협 판타지 소설

FANTASTIC ORIENTAL HEROES

도서출판
청람

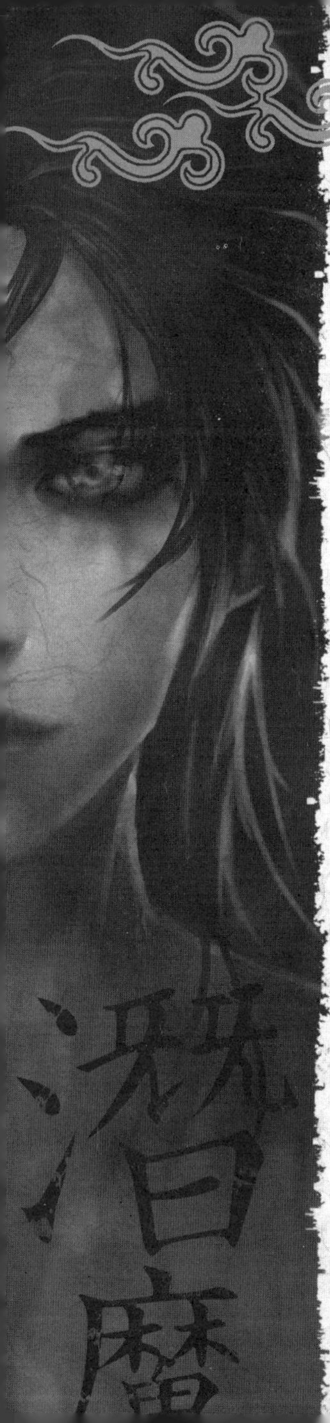

目次

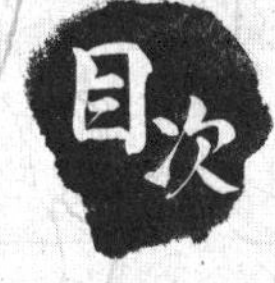

제1장 용서하길… 7

제2장 동행 33

제3장 살인의 다양성 53

제4장 화유장 79

제5장 갇힌 자들 97

제6장 실체와 그림자 137

제7장   똑같은 운명   169

제8장   구름 너머의 목소리   189

제9장   심검   213

제10장   계획   239

제11장   소화산에 모인 군웅   275

제12장   두 개의 별호   299

終章   313

# 第一章

용서하길…

第一章

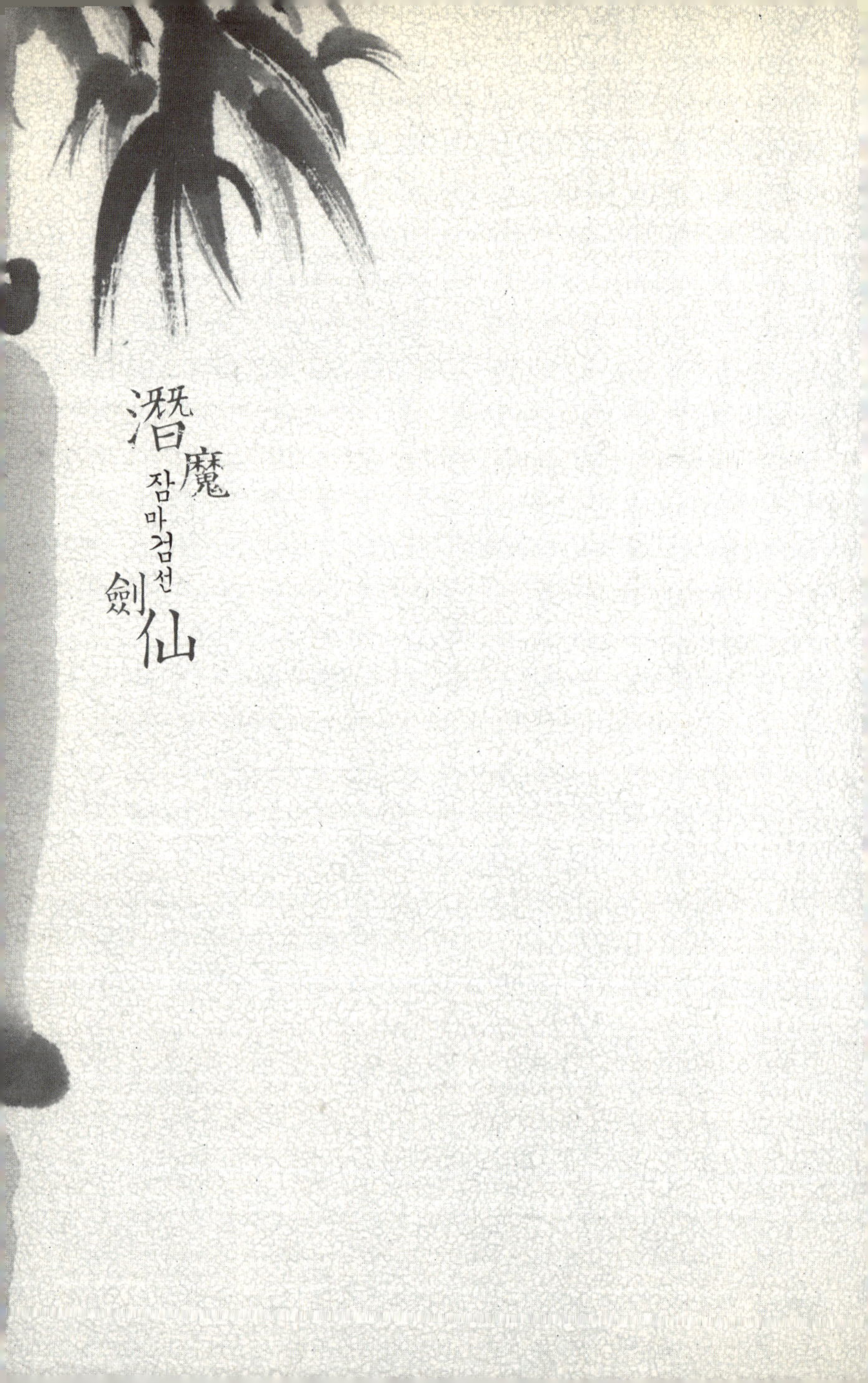

潛魔
劍仙
잠마검선

폐가 주변은 당혹으로 가득 찼다. 정확히는 그 자리에 머물고 있는 사람들 전체라고 할 수 있었다. 그들은 누구 하나 할 것 없이 당혹이란 이름의 세계에 빠져 허우적거렸다.

먼저 종남의 장로 태청검과 태을검수들은 빙화가 잠마원의 기재들을 가로막으며 자신들 앞에 검을 뽑아 든 것을 믿을 수 없었다.

섬서사악을 물리치고 곤경에 처한 마차 안의 가녀린 소녀를 구한, 몸매만큼이나 넉넉한 마음씨를 지닌 것으로 여겼던 중년 여인이 숨겨둔 험악한 이빨을 드러낸 것이다.

종남으로서는 적을 친구로 오인해 중요한 자리로 끌고 온 얼간이들이라고 조롱받아도 할 말이 없는 상황이었다.

실제로 화산파의 매화검수들은 종남파를 힐끗거리고 있었다.

잠마원의 기재들은 또 그들 나름대로 혼란스러움을 금치 못했다.

가면을 쓴 마도의 동료들이 자폭을 한데 이어 영호선까지 자폭을 시도했고, 정체를 알 수 없는 그림자에 의해 잡혀가고 말았다. 그 충격에서 미처 벗어나기도 전에 중년 여인이 보호자인 양 나섰다. 의지했던 사람은 사라지고, 적이던 자 중 한 명은 아군이 되어 있었다. 이것이 진심인지, 아니면 잘 꾸며진 한 편의 연극인지 도무지 감을 잡을 수가 없었다.

황당함에 젖은 인물 중 또 한 사람은 멀찌감치 떨어진 곳에서 지켜보던 공가라고 불린 노인이었다.

공 노인은 설레설레 고개를 젓고 있었다.

그의 얼굴엔 도대체 어떻게 일이 갑작스레 엉켜 버릴 수 있는지 도무지 믿을 수 없다는 표정이 떠올라 있었다.

영호선으로 역용했던 청귀는 자폭한다는 계획에 맞춰 자신의 임무를 수행했다. 그런데 난데없이 튀어나온 그림자는 청귀의 자폭을 막았을 뿐 아니라 홀연히 납치해 갔다. 비록 염가와 손가가 쫓아가긴 했지만 뜻을 이룰 수 있을지는 장담하기 어려웠다. 안력을 돋우고 있는 상황에서도 그는 그림자의 얼굴조차 확인하지 못했던 것이다. 또한 마땅히 이 자리에서 참살되어야 할 잠마원의 기재들을 왜 중년 여인이 막아서며 초를 치고 있는지 모를 일이었다. 그림자의 정체를 모르는 것처럼 지금 중년 여인의 정체 또한 알 수 없었다.

공 노인은 계획을 주도하고 실행하며 오늘처럼 변수가 많은 상황은 처음이었다. 이것은 대과업을 이루는 데 있어서 결코 용납할 수 없는 일들이었다.

그렇게 종남과 화산, 그리고 잠마원의 기재들과 공 노인이 당혹의 늪에 빠졌으나 그들 전부를 합한 것보다 더한 당혹감에 빠진 것은 영호선이었다.

가짜라는 놈은 사람을 죽일 때도 무자비하더니 스스로 목숨을 끊는 방법마저도 무자비하기 이를 데 없었다.

놈이 자폭하는 순간, 화운설은 매가 어린 새를 낚아채듯 채가 버렸다.

그녀가 왜? 무슨 이유로?

영호선으로서는 화운설이 덮치며 했던 말을 떠올렸다.

"내 허락 없이 죽겠다는 것이냐!"

언제부터 화운설이 사람이 죽는 데 일일이 간섭하며 살았던 것일까? 염라대왕의 임무를 대신하고 있는 것이 아니라면 화운설의 목적은 두 가지로 압축해 볼 수 있었다.

하나는 자신이 직접 죽이려고 것이고, 다른 하나는 목숨을 구하려는 것이리라.

그녀는 과연 포획한 물건이 가짜라는 것을 알고 있었을까?

아니면 진짜 나라고 생각한 것일까? 그런데 왜 나를 죽이려는 거지? 영호선으로서는 잠마원에서 겪은 일로 화운설이 앙심을 품었다는 것을 전혀 모르고 있었기 때문에 이런 의문은 당연한 것이었다. 왜냐하면 그 정도(?) 일로 죽이겠다고 먼 길을 나선다는 것을 이해할 수 없었기 때문이다. 다른 볼일을 보던 중에 우연히 마주쳤다면 손 좀 봐주겠다는 정도일 것이라고 생각했지, 작정하고 자신을 죽이려고 돌아다닌다는 것은 정녕 이해 불가였다.

이런저런 상황을 애써 무시하고서라도 영호선으로서는 원래대로라면 화운설을 쫓아야 했다. 하지만 종남과 화산의 검수들에게 포위된 잠마원 녀석들을 버려두고 떠날 수는 없었다.

항마원의 교관과 기재들의 죽음을 두 눈으로 목격한 것이 얼마 되지 않았건만 가짜 놈에게 휘말려 또다시 잠마원의 기재들까지 싸늘한 시체가 되는 것을 두고 볼 수 없었다.

정녕 보운장에서도 적이 눈앞에 있었다면 무공이 드러나

든 말든 괘념치 않고 적과 맞섰을 것이다.

그렇게 빠른 상념들이 모두의 뇌리를 스쳐 지나갈 때, 서늘한 한 목소리가 나직이 울려 퍼졌다.

"참견하지 말고 비켜서라!"

유은령이었다. 영호선의 등 뒤에 선 그녀의 눈빛은 얼음장같이 차가웠고, 살기가 스산하게 퍼져 나오고 있었다.

영호선은 돌아보지 않았다.

대신 잠마가 유은령을 돌아보며 팔짱을 낀 채 쩝쩝 입을 다셨다.

'이것아, 나도 참견하고 싶지 않은 마음이 굴뚝같어.'

영호선도 백번 동감이었다. 힘없는 어린 동생들이 줄줄이 딸려 정작 흉악한 강도가 도망가는 것을 그저 물끄러미 바라만 보고 있어야만 하는 심정이었으니까.

유은령이 살기를 분분히 뿌려대고 있었지만 종남과 화산의 고수들의 관심은 오직 역용한 모습의 영호선만 노려보고 있었다. 특히 종남파 고수들의 눈은 배신감으로 가득 차 있었다.

"마도의 종자였던 것이냐!"

종남의 장로 태청검이 말했다. 그는 실망과 분노를 숨김없이 드러내고 있었다.

주양양도 뒤쪽에서 이를 악물며 짙은 배신감에 떨리는 몸을 간신히 참고 있는 듯 보였다.

'마도 맞다. 그래, 어쩔래?'

잠마가 한쪽 입꼬리를 올리며 비웃었다.

영호선은 고개를 저었다.

"정도는 무엇이고 마도는 무엇인지요? 전 단지 불필요한 살인 행위를 막고자 함입니다."

"불필요한 살인? 방금 전까지 저 사악한 놈들이 폭혈공으로 모두를 죽이려 한 것을 보지 못했단 말이냐. 지금 네 등 뒤에 선 어린것들 또한 언제고 몸을 터뜨릴 수 있을 터. 결코 그들을 살려 보낼 수 없다."

"이들은 폭혈공 따윈 모르는 잠마원의 수련생들입니다. 항마칠단이 죽임을 당한 것은 안타까운 일이지만 잠마원의 기재들을 죽인다면 어찌 정도라 할 수 있겠습니까?"

"오! 잠마원의 기재들인가? 우리가 모르는 것을 그대는 잘도 알고 있군. 스스로 마도라는 것을 증명한 꼴이 아니냐?"

"말씀드렸듯이 전 정도도 마도도 아닙니다. 아니, 정도니 마도니 그런 구분 자체에 의미가 없다고 생각하는 사람입니다."

"간에 붙었다 쓸개에 붙었다 하는 것이 소신이란 말이군. 안됐군, 안됐어. 아무래도 나서지 말아야 할 때 나선 셈이 되고 말았으니까."

태청검의 입가에 조소가 어렸다.

잠마원의 기재들은 입술을 깨물었다. 그들은 승산이 없다는 것을 온몸으로 느끼고 있었다. 비록 정체불명의 중년 여인이 편을 들고 나섰지만 아군은 그녀를 합쳐도 총 여섯에 불과했다. 반면 상대는 장로로 짐작되는 이를 제외하고도 열여덟 명의 종남과 화산의 정예 검수들이었다.

솔직히 동일한 인원이라도 목숨을 부지할 수 있을지 장담하기 힘들었기에 죽음의 그림자가 한 발 한 발 다가오는 느낌이었다.

영호선이 입을 열었다.

"아무래도 오늘 입술만으로는 벗어나기 힘들 것 같군요. 그럼 이렇게 하죠. 제가 여러분 모두를 상대하겠습니다. 그사이 잠마원의 아이들은 건드리지 말아주십시오. 그리고 제가 이긴다면 더 이상 쫓지 말 것을 부탁드립니다. 물론 제가 진다면 여러분께 목을 기꺼이 바치겠습니다."

잠마가 '뭔 말이 그렇게 많아? 그냥 한판 뜨자 하면 될 것을 가지고'라며 짜증을 냈고, 항마는 지그시 눈을 감고 있을 따름이었다.

"하하하하, 대단한 자신감이군."

태청검이 웃음을 터뜨렸다. 종남과 화산의 검수들은 일부는 허탈하게 웃고 일부는 더욱 분노에 차 노려봤다.

반면, 잠마원의 기재들은 중년 여인의 광오한 발언에 안절부절못했다. 그녀의 무위가 제아무리 절륜하다고 해도 어찌 이들 모두와 맞서 싸워 승리를 자신한단 말인가. 괜히 큰소리만 치다 마지막에 이 여인조차 폭혈공으로 자폭하는 것은 아닌지 염려스러웠다.

"우리도 싸우겠소!"

초이량이 외치자, 유은령과 독상군, 청당과 소묘희도 결연한 의지를 보였다.

영호선이 돌아섰다.

[초이량!]

순간 초이량을 비롯한 다섯 명은 머리로 벼락이 치는 듯한 음성이 내리꽂히자 흠칫하며 어깨를 떨었다.

이는 영호선이 전음을 일제히 다섯 명 모두에게 한꺼번에 날린 것으로 마운천봉공의 심결을 따라 펼친 것이었다.

초이량 등이 놀라고 있는 사이 영호선은 안광을 빛내며 전음을 이었다.

[…유은령, 독상군, 청당, 소묘희! 모두 살고 싶다면 나서지 마라.]

[당신은 누구죠? 마도련의 인물인가요?]

유은령이 물었다.

[그 물음에 대한 답은 이곳을 벗어나면 해주지. 너희가 해

야 할 일은 거치적거리지 않는 것이다.]

　유은령을 제외한 모두는 전음을 듣고 그들 중 누군가 질문을 했고, 그에 답한 것임을 알 수 있었다.

　혼자 상대하겠다는 말도 더 이상 미친 소리로 들리지 않았다. 처음 '초이량'이라고 전음을 발할 때, 그들은 그것이 초이량에게만이 아니라 다섯 명 모두에게 들리도록 한 것임을 알아차렸고, 그러한 수법이 있다는 것도, 가능한 것도 처음으로 알았기 때문이다.

　"꽤나 한가롭군. 전음으로 도망칠 궁리를 하고 있다면 실망스러운 일이야."

　태청검이 말했다.

　그는 잠마원 기재들의 표정이 수시로 변하는 것을 보고 전음을 짐작한 것이다.

　그가 말을 이었다.

　"빙화, 그대의 제안을 받아들이도록 하지. 우리에게도 머뭇거릴 시간이 없으니."

　[물러서라.]

　영호선이 초이량 등에게 전음을 발하고, 무릎을 슬쩍 구부렸다 튕겼다.

　휘리릭!

　옷자락이 나부끼는 소리와 함께 영호선의 신형은 허공을

가르며 포위망의 뒤편에 내려섰다. 일체의 군더더기없는 절묘하기 이를 데 없는 신법이었다.

종남과 화산의 검수들이 스르륵 미끄러지듯 움직이며 영호선을 중앙에 두고 에워쌌다.

잠마원의 기재들은 중년 여인이 자신들의 안위를 염려해 장소를 멀찌감치 옮긴 것임을 깨닫고 심경이 복잡해졌다.

영호선은 포위망이 구축되자, 도리어 장검을 등에 멘 검집에 집어넣었다.

"그럼 부족하나마 종남과 화산의 고절한 무공을 견식하겠습니다. 부디 손속에 사정을 두시길 빕니다."

포권을 취하며 예를 갖추었지만 영호선의 행동은 명백히 상대를 무시한 것이었다.

"흥!"

태청검이 콧방귀를 뀌었다.

"손속에 사정을 두려는 건 그대인가 보군."

그로선 정녕 어이가 없었다. 비록 그녀가 섬서사악 중 셋을 능히 제압하고도 상처 하나 없었다는 것은 높이 살 만했지만 검까지 거두며 손속 운운하는 건 미친 짓이라 생각했다.

그건 벌써부터 초조한 눈빛이 된 잠마원 기재들도 마찬가지였다. 독문 병기를 쓰지 않고 종남과 화산의 검수들을 상대한다는 것이 마치 자살 행위처럼 보였다.

그러나 그들이 어찌 영호선의 속사정을 알겠는가.

항마원에서조차 혼재되어 버린 무공이 드러날까 봐 전전 긍긍하였던 영호선의 마음을. 게다가 지금은 생사를 결하는 치열한 격전이 예상되는 만큼 자칫 상대의 목숨을 앗을 것을 염려한 것임도.

'다치게 해선 안 된다. 다치게 해선 안 돼. 점혈이어야 돼.'

영호선은 속으로 몇 번이고 다짐했다.

'그게 되냐, 멍청아.'

'하는 데까지 해봐야지요.'

잠마가 킬킬거렸고, 항마가 진중히 말했다.

그 순간 오른쪽으로부터 매섭게 검기가 몰아쳤다.

선공을 한 건 종남의 두 검수였다.

쐐액! 쉭!

영호선은 신형을 반대편으로 날렸다. 그것은 지독히도 빨라 마치 신형이 순간 사라진 것 같았다. 그편에 있던 화산의 검수들이 검화를 피워 올리며 영호선의 목과 가슴을 잘라냈다.

하지만 매화가 다 피기도 전에 영호선의 신형은 종남 장로 태청검 앞에 이르고 있었다.

파팟!

태청검은 망설이지 않고 태을무형검(太乙無形劍)을 펼쳤다.

태을무형검은 종남의 진산절기 중 첫손에 꼽힐 만큼 절묘한 검법으로, 태을의 현묘한 이치에 무형의 결을 담아 검이 찌르고 베는 위치와는 별개로 그 주변이 더욱더 가공할 위험을 내포하고 있었다. 즉, 상대가 검을 막을 때, 그전에 발출한 검의 변초가 무형의 기운으로 적의 손목이며 팔까지 잘라내는 것이다.

그러나 영호선은 태청검을 향하긴 했으나 태을무형검의 검세에 닿기도 전에 이미 신형을 틀어 옆으로 이동하고 있었다.

이렇게 좌로 우로, 다시 전후로 번개같이 이동하는 사이 포위된 진형은 어느새 느슨해졌다.

지켜보는 잠마원의 기재들은 하나같이 감탄을 금치 못했다.

그들은 한시도 눈을 떼지 않았건만 정작 중년 여인의 모습을 거의 볼 수 없었던 것이다. 그저 희끗한 잔영만이 어지럽게 검수들 사이를 누비고 다니는 것과 검법이 각각 경지에 오른 화산과 종남의 고수들이 당황하는 것을 느낄 수 있었다.

수더분한 외모와 함께 펑퍼짐한 몸매와는 도저히 어울리지 않는 지독히도 빠른 신법이었다. 그들은 자신들도 모르게 나직이 중얼거렸다.

"대단해."

"검이 미처 쫓지 못하고 있어."

"그래, 베었다 싶으면 이미 잔영이야."

"적어도 폭혈공 따위를 쓰진 않겠어."

그들 중 오직 유은령만이 침묵을 지켰다.

그때였다.

뚜득!

"으악!"

챙그렁.

화산의 매화검수가 비명을 내질렀다. 그는 죽어서도 검을 손에서 떨어뜨려서는 안 된다는 가르침을 받았음에도 불구하고 검을 놓친 것이다. 그가 고통으로 몸부림치자, 부러진 오른팔이 멋대로 덜렁거렸다.

잠마원의 기재들이 일제히 눈을 부릅떴다. 유은령도 마찬가지였다.

"뭐지?"

"방금 그것 맞지?"

"맞아. 마룡박격이었어."

"뭐가 어떻게 돌아가는 거야?"

잘못 본 것이 아니었다.

잠마원의 기재들에게 있어 마룡박격은 지하 관문을 통과하는 중에 가장 오랜 시간 공을 들인 무공이었다. 묵환강시를 박살 내는 것은 첫 관문이자, 가장 난해하기도 했던 것이다.

그런데 생전 만난 적도 없는 중년 여인이 마룡박격을 시전한 것이다. 화산검수의 팔은 부러진 것이 아니라 바스러졌을 것이다. 그저 부러진 정도였다면 결코 화산의 검수로서 검을 놓치진 않았을 테니까 말이다.

"윽!"

"컥!"

"으아악!"

잠마원의 기재들이 놀라는 중에도 연달아 화산과 종남의 검수 세 명이 짧은 비명을 토하며 쓰러졌다.

한 명은 어깨를 붙잡고, 다른 두 명은 검을 쥔 손목을 움켜쥐며 바닥을 굴렀다.

"독응금나에 이어 마룡박격이라니……."

유은령이 넋이 나간 듯 중얼거렸다.

"독응금나였다고?"

독상군이 물었다.

다섯 중에 가장 무위가 높고 눈이 빠른 것은 단연 유은령이었다.

"확실해."

잠마원의 기재들은 눈을 반짝였다.

채 일각이 지나지도 않았거늘 다섯 명이 쓰러졌다.

혹시나 했던 막연하고 실낱같던 기대가 이젠 확신이 되어 다가오고 있었다.

게다가 중년 여인이 펼치는 무공은 마도의 무공이었다.

"윽!"

"흡!"

숨이 턱 막힌 듯한 짧은 비명 소리를 따라 다시 두 명의 검수가 검을 내뻗는 자세 그대로 굳어버렸다.

이 수법이 무엇인지는 유은령도 알 수 없었다.

중년 여인은 화산의 두 검수가 내뻗은 검날 사이를 파고들어 손목에서부터 훑고 지나 가슴에 각각 일지를 가했는데 그 움직임의 섬세함은 말로 형용키 어려울 정도였다.

검극을 향해 몸을 던진 것 같았으나 실제로는 부드럽게 안으로 흘러들어 가 품에 안기듯 다가가 점혈한 것이다.

유은령이 내심 감탄하고 있을 때, 종남의 장로 태청검이 노성을 터뜨렸다.

"만요섬섬(蠻腰纖纖)! 네가 어찌 형산의 무공을!"

유은령이 입을 쩍 벌렸다. 다른 잠마원의 기재들도 사정은 마찬가지였다.

'형산이라고?

잠마원의 기재들에게 있어 형산파는 그저 구파일방 중 일좌를 차지하는 명문 정파라는 것에 그치지 않는 특별함이 있는 이름이었다. 형산이란 이름은 곧 영호선을 가리키는 말이었다.

영호선이 잠마원 입부 당시엔 마곡의 기재로 왔지만 그 누구도 영호선과 마곡을 동일시하지 않았다.

그중 유은령은 방금 전 중년 여인이 펼쳐 낸 수법이 단지 흉내만 낸 것이 아니라 매우 고매하다는 것을 알아봤기에 더욱 놀라움이 컸다.

마공, 그것도 공교로움도 유분수지, 잠마원에서 익힌 마공에 이어 형산의 무공을 펼친 것이다.

그러나 또 한편으로 영호선과 중년 여인을 연결시키기에도 무리가 있었다. 그도 그럴 것이, 영호선은 자폭하려던 순간 납치인지 구조인지를 당해 어디론가 가버렸고, 중년 여인은 어딜 봐도 영호선의 흔적을 찾을 수가 없었기 때문이다.

문득 역용이란 생각이 떠올랐으나 그건 떠올랐을 때보다 더 빠르게 머리에서 사라졌다.

영호선이 제아무리 미쳤다고 해도 저런 모습으로 역용할 리가 없을 뿐 아니라 역용이라기엔 너무도 자연스러운 모습이었던 것이다.

유은령과 잠마원의 기재들이 의혹에 휩싸여 있을 때, 장내의 상황은 또 달라져 있었다.

추가로 여섯 검수가 나뒹굴어 이제 남은 건 다섯 명이 고작이었다.

이러한 현실을 믿을 수 없는 건 종남의 장로 태청검이 더하면 더했지 못하지 않았다.

열세 명의 종남과 화산의 검수가 쓰러지는 동안 아직 상대의 옷깃조차 베지 못한 것이다. 정녕 꿈을 꾸는 것 같았다.

그녀는 형산의 무공을 펼치는가 하면 또 갑작스레 전혀 정도의 무공이랄 수 없는 무공을 펼쳤다. 충분히 점혈을 할 수 있음에도 불구하고 뼈를 으깨 버린다. 그 잔혹한 손속에 분노가 치미는 것을 주체할 수 없음에도 적을 쓰러뜨리지 못한다는 현실에 가슴이 타들어갔다.

한순간 태청검의 눈이 빛을 뿜었다. 그림자가 번쩍하는가 싶더니 어느새 주양양의 검을 빗겨내고 목을 잡아채려고 하는 것이 아닌가.

망설일 틈이 없었다. 그는 곧바로 전력을 다해 신검합일하여 영호선을 향해 쏘아갔다.

먼저 위험을 감지한 종남의 검수들이 좌우에서 영호선을

향해 검을 뻗었지만 모조리 빗나가고 있었다.

주양양이 공포에 질려 눈동자가 축소된 채로 바들거렸
다.

쐐액~

이때 영호선은 주양양의 목을 막 잡아가고 있었다. 그러나
등 뒤에서 가공한 경력의 회오리가 밀려들자 잡은 손을 놓고
핑그르르 돌아 팔을 검처럼 뻗었다.

영호선의 얼굴은 주양양과 크게 다를 것이 없을 만큼 창백
한 상태였다. 하마터면 주양양의 목뼈를 분지를 뻔했던 것이
다. 좌우의 검수들의 검을 빗겨내고 주양양을 무력화시키는
최적의 방법이 왜 하필이면 목뼈란 말인가.

그런데 마침 매서운 바람을 일으키며 등줄기가 서늘해지
자 몸이 저절로 반응해 막 힘을 주려던 손아귀의 힘을 풀 수
있던 것은 참으로 다행스러운 일이었다.

영호선은 이내 태청검과 뒤엉켰다. 검을 들고 있지 않았지
만 어느샌가 오른팔을 검인 양 펼쳐 냈다. 검절의 검결이 절
로 수검으로 운용되었다.

카캉캉!

되도록 부딪치지 않으려 했지만 그게 쉬운 일은 아니라 오
른팔과 검이 부딪치자 쉿소리가 터졌다. 소맷자락이 너풀거
리며 산산이 흩어졌지만 강기를 두른 팔은 그다지 타격을 받

지 않았다.

놀란 것은 태청검이었다.

그는 상대가 팔을 뻗어오자, 살을 내주고 뼈를 취하려는 의도로 생각했다. 비록 오른팔을 버릴지라도 그사이 왼손으로부터 장력이 발출될 것이라는 판단이었다.

그렇기에 팔을 잘라낸 후, 왼손의 장력 범위를 벗어나려고 상대의 오른쪽으로 신형을 돌아가려고 했던 것인데 그것이 실수로 연결되고 말았다.

정작 팔은 잘려 나가지 않았고, 예상했던 대로 신형을 도는 사이, 상대의 팔이 한 자루의 보검마냥 가슴팍으로 파고든 것이다.

푹!

미묘하게 신경을 건드리는 소리!

"으윽!"

태청검은 믿을 수 없다는 듯 자신의 가슴을 바라봤다.

여인의 두툼한 손가락이 가슴에 틀어박혔다. 거의 손가락 두 마디가량이었다.

고통 중에 태청검이 검을 파지한 손가락을 튕겨 검을 회전시키고 역날로 쥐며 위로 쳐 올렸다. 손을 뽑지 않으면 손목이 날아간다.

즉시 영호선이 손을 뽑고 뒤로 물러나자, 검이 빈 공간을

자르는 것과 동시에 태청검의 가슴에서 피분수가 터져 나
왔다.

태청검이 고통을 이기지 못하고 가슴을 움켜잡은 채 허물
어지며 무릎을 꿇었다.

"장로님!"

아직 버티고 있던 네 명의 종남과 화산의 검수들이 놀라 달
려왔다.

주양양이 태청검의 안위를 살피다 벌떡 일어섰다.

"언니는 이런 사람이었나요?"

어느새 얼굴은 흐르는 눈물로 범벅이었다.

그녀는 방금 전 목을 잡혔고, 자신에게 무슨 일이 일어나려
고 했는지 잘 알고 있었다. 만약 장로님이 제때 검을 날리지
않았다면 참혹하게 목이 부러진 채 죽음을 맞이하고 말았을
터다. 오는 동안 긴 시간은 아니었지만 정겹게 이야기를 나눈
다정하던 언니는 어디에도 없었다.

영호선이 주양양을 가만히 바라봤다.

미안하다는 말도 의미없는 단어에 불과했다. 말로 할 수 없
는 복잡한 사정이 있다, 라고 말한다 해도, 무공을 펼치는 데
문제가 있다, 라는 말도 변명의 가치조차 없는 것이라고 생각
할 것이다. 도리어 저들은 지독한 조롱으로 여기리라.

영호선은 한숨을 내쉬고 겨우 입을 뗐다.

“모두들 용서하세요. 죄송합니다.”

비록 바람결처럼 의미없는 말이 된다 할지라도 그저 떠나기엔 마음이 무거웠기에 영호선은 정중히 예를 갖췄다.

영호선이 몸을 돌려 유은령 등을 향해 말했다.

“가자.”

영호선이 신형을 날리자, 기재들이 그 뒤를 따랐다.

그 광경을 종남과 화산의 남은 검수들은 악의에 찬 눈으로 바라보기만 했다. 쫓을 여력은 없었다. 부상자들을 살펴야 하는 것뿐 아니라 더 손을 쓴다고 해도 결과는 더 험한 꼴만 당할 뿐이다. 처음 검을 거두고 맨손으로 대적한다고 했을 때의 그 자신감이 현실로 여지없이 드러난 것이다. 만약 검을 들었다면 어쩌면 지금 목숨을 부지하고 있는 자는 없었을지도 몰랐다.

반 시진 전만 해도 폐가엔 종남과 화산의 고수들은 물론이고, 무림맹의 북룡과 서룡, 그리고 괴선까지 기백에 차 있었지만 지금은 그저 쓸쓸함만 감돌았다.

멀찌감치 떨어져 눈을 깜박이는 것조차 잊은 채 지켜보는 한 쌍의 눈은 미묘한 기쁨으로 번들거렸다.

공 노인은 마치 돈벼락을 맞았지만 주변에 그 사실이 알려질까 두려워 억지로 기쁨을 꾹꾹 누르고 있는 사람 같은 표정이었다.

환희에 찬 눈에 이어 입술 한쪽도 치켜 올라갔다.

그리고 달싹거리는 입술 사이로 한 사람의 이름이 흘러나왔다.

“영… 호… 선?”

공 노인의 중얼거림은 의문형이었지만 입가의 미소는 확신이라고 말하고 있었다.

사실 그는 격전 중에 뛰쳐나갈 뻔했다. 무슨 일이 있어도 잠마원의 아이들을 도륙할 생각이었다. 그러나 한순간 종남의 태청검이 ‘형산’이라는 말을 내뱉었을 때 그는 가까스로 몸을 진정시킬 수 있었다.

그도 형산의 무공을 확실히 목격했다.

그리고 한 가지 생각이 머리를 관통했다. 그건 바로 여인이 영호선일 가능성이었다. 만약 그게 사실이라면 꽤 우스운 일이었다.

청귀는 영호선으로 역용을 했고, 정작 진짜 영호선은 다른 모습을 하고 있는 것이니 말이다.

물론 아닐 수도 있었다.

역용이야 그렇다 쳐도 심검을 운용한 것은 아직도 이해가 되지 않았다. 아니, 어쩌면 심검은 청귀를 포획해 간 여인의 짓일지도 모른다는 생각도 들었다.

"아무려면 어떠랴. 먹잇감이 눈앞에 널려 있는 것을……."

잠마원의 아이들보다 더 좋은 횟감이었다.

그렇다고 잠마원 녀석들을 포기할 생각도 없었다. 단지 먹잇감이 늘었고, 순서를 뒤로 미뤄둔 것뿐이다.

공 노인은 신형을 길게 뽑아 올려 아직 부상에 신음 중인 화산의 검수 옆에 내려섰다. 그의 곁에는 아직 도움의 손길이 닿지 않고 있었다.

"이를 어쩌나, 이를 어째. 손이 모자라는군."

갑작스럽게 들려온 소리에 주양양을 비롯한 네 검수가 긴장 어린 얼굴로 일어섰다.

"노인은 누구요?"

공 노인이 흐뭇하게 웃었다.

"저승사자."

주름살에 어울리지 않게 해맑게 웃는 얼굴에서 나온 말이라고는 어울리지 않는 단어였다.

네 사람은 즉시 검을 들고 매섭게 노려봤다.

공 노인은 고개를 끄덕였다.

"좋아, 그냥 목을 늘어놓으면 심심한 일이지. 자, 잠마원의 기재들을 죽이려 했으니 대가는 치러야겠지?"

그가 발밑에 놓인 화산 검수의 머리를 밟았다.

파삭!

　뇌수가 터지며 화산의 검수는 비명조차 지르지 못하고 절
명했다.
　공 노인이 친절한 음성을 발했다.
　"자, 다음은 누구?"

第二章
동행

潛魔劍仙
잠마검선

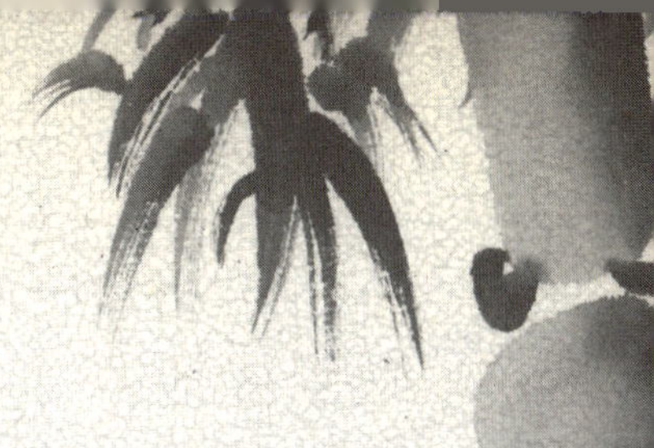

　폐가를 향할 때까지만 해도 영호선은 꼬리에 불과했지만 폐가를 떠나게 될 때는 다섯 개의 꼬리를 주렁주렁 단 채가 되었다.

　꼬리에도 성별이 있어 그중 두 개의 꼬리는 암컷이었다.

　유은령과 소묘희!

　수컷은 초이량과 독상군, 청당!

　꼬리 주제에 말까지 걸어오는 통에 영호선은 몇 가지 궁금한 사항에 대해 물은 후 꼬리를 싹둑 잘라낼 생각을 했다.

　역용을 풀고 짠 하고 '내가 바로 영호선이지' 라며 깜짝 잔치를 벌이고 잠마원의 괴이한 추억을 서로 나누고 싶은 생각은 추호도 없었다.

그러나 그 계획은 간단한 것임에도 불구하고 폐가로부터 오 리 정도를 나아갈 무렵 하나의 유쾌하지 못한 광경을 접하며 산산이 부서졌다.

한 구의 시체였다. 엎드려 있는데다 등판이 피로 범벅이었다. 시체를 발견하고 멈춘 사이 초이량이 친절하게도 뒤집었고, 그의 가슴 부위에 '북룡'이라는 글귀가 수놓아진 것을 확인할 수 있었다.

화운설이 가짜를 납치한 뒤 뒤쫓은 건 괴선과 북룡, 서룡참마대, 그리고 화산의 장로였다. 그리고 거기에 두 사람이 더 있었다. 다른 사람이 보았는지는 알 수 없지만 영호선은 흐릿한 그림자가 움직인 것을 똑똑히 보았었다.

북룡참마대를 죽인 건 두 개의 그림자일 가능성이 컸다. 어쩌면 그들이 화운설을 보이지 않게 호위하는 고수들일지도 모른다고 영호선은 생각했다.

진행 방향을 따라 조금 더 나아가자 시체는 연속해서 나타났다. 모두 북룡참마대와 서룡참마대원들이었다. 거의 대부분이 엎드려 있는 것으로 볼 때 놀랍게도 그들은 신형을 달리던 중에 차례로 격살당한 것처럼 보였다.

추격에 나선 이들 중 무공이 가장 약한 자들, 즉 경공 실력이 떨어진 자들부터 뒤쪽에서 하나둘 죽어나간 것이 틀림없었다. 극도로 내력을 끌어올려 신형을 날리고 있었을 테니 뒤쪽에서 하나씩 사라져도 앞쪽에서 달리던 이들은 전혀 알아차리지 못했으리라.

영호선은 잠마원의 기재들을 하나씩 돌아봤다.

모두 잔뜩 긴장한 낯빛이었다.

'제길, 이것들이 완전히 혹이로군.'

경공술이 가장 뛰어난 유은령조차도 혹에 불과한 판에 다른 이들은 말할 것도 없었다. 이대로 데리고 가자니 어떤 위험이 도사리고 있을지 알 수 없고, 또 잘 가라고 작별을 고하자니 그건 또 그 나름대로 불안했다.

자칫 괴선과 함께 있을 것이 분명한 북룡과 서룡대주를 만나는 날엔 목숨을 장담하기 힘들었다. 종남 태청검의 가슴에 손을 우겨넣고, 주양양의 눈물까지 감수하면서 기껏 구한 노력이 수포로 돌아가는 것이다.

'야, 뭘 고민하냐. 그냥 묻어버려.'

잠마가 말했다.

항마가 눈을 부릅떴다.

'그게 무슨 말씀이십니까?'

'이 새끼가 어디서 눈을 부릅떠!'

잠마가 말도 안 되는 소리를 하는데다 아예 항마를 한 대칠 기세인지라 그렇지 않아도 머리가 복잡한 영호선은 짜증이 확 일었다.

"애들을 묻어서 어쩌겠다는 거야!"

순간 주변에서 초조한 기색으로 사방을 둘러보던 초이량 등이 깜짝 놀라 무기를 빼 들고 방어 자세를 취했다.

스릉, 챙, 챙!

그들은 하나같이 겁에 질려 있었다.

"우릴 묻을 생각인 겁니까?"

초이량의 말에 영호선이 이마를 짚고 한숨을 내쉬었다.

'에휴, 내가 못살겠다, 못살겠어.'

혼자 있을 때 대놓고 말을 주고받던 것이 이젠 아주 버릇이 된 것 같았다. 종남파의 고수들과 함께 있을 때에야 바짝 긴장을 한 터라 실수가 없었지만 익숙한 녀석들과 있다 보니 미처 그 부분을 생각지 못한 것이다.

잠마가 툴툴댔다.

'내가 언제 죽이자고 했냐. 난 그냥 미친 사부가 항마원에서 했던 것처럼 안전할 때까지 묻어두자는 거지. 대나무 하나씩 입에 물려놓고 숨은 쉬게 하면 될 거 아니냔 말이야.'

잠마의 말도 일리는 있었다. 그러나 그건 그야말로 그냥 일리만 있을 뿐이었다.

영호선이 잠에서 덜 깬 여인의 목소리로 말했다.

"아, 오해를 한 모양이구나. 난 이들을 묻어줘야 하는 것이 마땅한 도리지만 그럴 수 없을 것 같아서 안타까운 마음에 했던 말이란다."

영호선이 북룡참마대원 시체를 가리켰지만 초이랑 등은 목젖이 꿈틀할 정도로 침만 삼키고 좀처럼 검을 거두지 않았다. 모두는 강호에서는 함부로 사람을 믿어서는 안 된다는 말을 뼈가 시릴 정도로 느끼고 있는 중이었다.

"한 가지 묻자. 너희는 영호선에 대해 잘 알고 있겠지?"

더 이상 긴장 풀어라, 안심해라 따위의 말만 되풀이하기엔 여유도 없고, 그래선 잠마원 기재들의 불안을 계속 붙들어 매는 결과밖에 안 된다는 판단에 영호선은 대화 주제를 새롭게 꺼냈다.

잠마원의 기재들은 경계 태세를 늦추지 않고 고개를 끄덕였다. 비록 마주 선 여인이 마음만 먹는다면 자신들이 어떻게 대응해도 결과는 참담한 패배밖에 없다는 것을 알고 있었지만 또 다른 계략에 휘말려 이용당하느니 차라리 당당히 죽는 것이 낫다고 생각했다.

영호선은 그 자리에 엉덩이를 깔고 앉았다. 신경에 날이 선 채로 제대로 된 이야기가 나올 수 없기에 의도적으로 허술한 모습을 보이고자 함이었다.

"너희는 영호선을 만났고, 그 영호선은 스스로 자결을 시도했어. 그런데 이상하지? 사실 나도 영호선을 만났거든. 너희가 만난 영호선과 다른 영호선을 말이야."

"다른 영호선이라구요?"

모두 이구동성으로 외쳤다.

영호선은 가볍게 고개를 끄덕였다.

"그래."

유은령이 검을 거두고 떨리는 목소리로 물었다.

"그게… 사실인가요?"

"어디에서 만나셨죠? 어떻게 영호선이 두 사람일 수 있다는 거죠?"

초이량의 말에 영호선은 고개를 가로저었다.

"두 사람일 리 없지. 영호선이 쌍둥이로 태어난 것은 아니니까. 둘 중 하나라는 가짜라는 뜻. 난 영호선이 잠마원을 떠날 때 함께 나왔다."

"네?"

'염병할 놈, 거짓말이 입에 붙었구나. 아주 술술 나오네. 역시 마도야.'

잠마가 어느새 독상군의 목에 이빨을 박아 넣다 말고 낄낄거렸다.

"초이량, 너와 오조가 영호선을 용암에 밀어 넣었다는 것도 알고 있단다."

초이량의 안색이 백짓장처럼 창백해졌다.

너무나 갑작스럽게 일격을 당한 사람마냥 변명을 늘어놓아야 한다는 것도 잊고 입만 쩍 벌렸다. 그건 마음을 다한 고백과 다름이 없었다. 그런 초이량을 유은령이 살기 어린 눈으로 노려봤다.

"너!"

"사, 살려줘."

초이량이 덜덜거리고, 유은령이 단칼에 베어버릴 듯하자 얼른 영호선이 나섰다.

"유은령, 진정하거라. 덕분에 넌 생선 가시 암기도 선물로 받았잖니?"

"마, 맞아요."

눈물을 그렁거리며 당장 떨어뜨릴 기세로 유은령이 대답했다.

"다들 앉아라."

잠마원의 기재들은 모두 검을 거두고, 영호선 앞에 부채꼴 형태로 앉았다. 경계하는 눈빛 대신 호기심이 두 눈에 가득했다.

영호선이 말을 이었다.

"영호선은 내 사제란다. 녀석이 용암 아래로 떨어졌을 때 사부님께서 구해주셨지. 사부님과 난 용암 안쪽의 통로로만

진입할 수 있는 지하 동부에 머물고 있었지."

"아!"

잠마원의 기재들은 일제히 탄성을 터뜨렸다. 비로소 영호선이 어떻게 살아남아 무사히 잠마원을 빠져나갔는지 그 해답을 들은 것이다.

더불어 이 여인이 종남과 화산과 맞설 때 형산파의 무공을 펼친 것도 이해할 수 있었다. 원래대로라면 허락없이 문파의 비전을 전해서는 안 되는 것이지만 영호선이 그런 것을 따질 것 같지는 않았다.

"영호선은 많은 이야기를 들려주었지. 청당 네가 소묘희에게 푹 빠져 백발이 된 경위며, 입부식 때 소묘희의 엉덩이를 걷어찬 것……."

청당과 소묘희의 안색이 창백하게 변했다. 그러나 서로 마주 보며 이를 갈지는 않았다. 최근 들어 두 사람은 다시 가까워졌던 것이다.

영호선의 말은 계속 이어졌다.

"독상군, 너는 걸어 다니는 영약이었다고 하더구나."

독상군이 인정사정없이 고개를 끄덕였다. 독상군은 지금도 잠마가 목에 이빨을 박고 있는 것을 전혀 모르고 있었다.

"영호선이 잠마원을 탈출할 때, 크게 작별을 외친 분이 영호선의 사부님이세요?"

소묘희가 물었다.

"맞아. 사부님은 영호선, 그러니까 내 사제를 구하고 무공까지 전수해 주셨지. 그때 그 아이는 혈마환의 금제를 벗어났단다. 거의… 말이야. 영호선은 형산으로 돌아가고 싶어했다. 잠마원에서 보낸 나날을 후회하진 않았지만 다시 잠마원에서 생활할 생각은 없었던 거야. 사부님은 염려스러운 마음에 내게 동행하라고 하셨던 것이고, 그때 함께 나오게 된 거란다."

"그래서요? 항마원에는 어떻게 가게 된 거죠?"

영호선은 항마원에 도살장으로 향하는 소처럼 끌려간 것과 그 뒤 보운장에서의 항마칠단의 죽음, 그리고 괴로워하던 것을 적절히 거짓말을 섞어가며 설명했다.

"내 사제는 누명을 쓴 거였다. 그 아인 스스로 누명을 벗으려 했지만 강호를 멀쩡히 돌아다니기엔 매우 위험천만한 일이었기에 내가 나서게 된 거란다. 그리고 거의 가짜를 눈앞에 두었거늘 그만 놓치고 만 거지. 너희는 영호선이 스스로 목숨을 끊을 수 있다고 생각하니?"

모두 하나같이 고개를 저었다.

그들이 알고 있는 영호선은 옆에 멀쩡히 선 자신들을 방패삼아 몸을 보전할망정, 스스로를 해하는 인물이 아니었다. 바로 그 점 때문에 폐가에서는 영호선이 완전히 미쳐 버렸다고

만 생각했다. 그러나 차근차근 설명을 듣고 나니 자신들이 큰 함정에 빠졌다는 것을 알 수 있었다.

"영호선은 지금 어디에 있죠?"

유은령이 물었다. 눈물이 어느덧 홍수처럼 흘러내려 뚝뚝 떨어지고 있었다.

'야야, 울지 마. 어디서 질질 짜는 거야. 아직 그 버릇 못 고쳤냐?'

잠마가 쯧쯧 혀까지 차며 말했지만 그렇다고 화를 낸다기 보단 안쓰러워하는 듯 보이자, 영호선은 잠마 쪽을 흘깃 쳐다본 다음 말했다.

"미안하다만 그건 말할 수 없구나. 너희를 믿지 못하는 것도 있지만……."

잠시 말을 멈춘 영호선이 초이량을 바라봤다.

초이량이 해쓱해져서 식은땀을 쏟았다. 유은령은 검을 쥐고 이미 절반쯤 뽑고 있었다. 영호선이 경력을 발출해 유은령의 손목 부위를 누르자 그제야 검을 다시 꽂아 넣었다.

"…그 아이가 어디에 있는지는 모를수록 너희가 안전하기 때문이란다. 노리는 이들이 많다는 것은 너희도 이미 다 보아서 알고 있을 테고 말이다. 자, 그럼 이제 너희 차례로구나. 너희는 가짜를 어떻게 만나게 되었지?"

유은령은 초이량을 노려보고, 초이량은 식은땀을 흘리느

라 정신이 없었으며, 독상군은 낌새를 눈치챈 것인지 목을 매만지며 고개를 갸웃거리고 있었기에 소묘희와 백발 청당이 서로 마주 보다 소묘희가 살짝 고개를 끄덕이자 청당이 입을 열었다.

"잠마원의 교육 중엔 잠마현신이란 이름 아래 외부 교육이 있습니다."

그건 영호선도 이미 들은 바였다, 바로 설산파의 담석청으로부터.

불현듯 떠오른 담석청의 밝게 웃는 모습에 영호선은 가슴이 저렸다. 항마가 곁에서 어깨를 토닥였다.

청당은 그 말을 시작으로 간단히 영호선을 만나게 된 경위를 설명했다.

잠마현신은 조의 구분 없이 서열 삼십위까지 뒤섞인 채로 구성되었는데 청당 등은 잠마오현신이었고, 임무를 마치고 돌아오는 길에 정주 남단에서 우연히 영호선을 만나게 되었다는 것이다.

"그땐 모두 놀라서 기절하는 줄 알았죠. 아실지 모르겠지만 놀라지 않은 것은 유은령뿐이었어요."

청당은 유은령을 흘깃 보고 말을 이었다.

"영호선이었어요. 그 모습을 보았다면 잠마원의 누구라도 의심하지 않았을 겁니다. 그리고 영호선은 항마원의 기재들,

그러니까 항마칠단을 모조리 죽이고 쫓기고 있다고 했죠. 저 흰 물론 얽히고 싶지 않았지만 유은령은 생각이 달랐죠."

청당의 말을 들으며 영호선은 충분히 당시 상황을 눈앞에 본 듯 떠올릴 수 있었다. 유은령이 스산하게 웃으며 모두에게 '영호선을 돕지 않으면 차라리 내 손에 죽는 것이 낫겠지? 라고 중얼거리는 소리가 들리는 것 같았다.

"이상한 점은 없었니?"

그 물음에 불쑥 독상군이 끼어들었다.

"모든 게 이상했죠. 처음 저를 보고는 꽉 끌어안더니 피를 빨려고 덤벼들었죠. 하지만 입을 대고 빠는가 싶더니 이내 입을 떼고는 '역시 이 맛이야' 하더군요. 하지만 그 뒤엔 단 한 번도 피를 빨지 않았어요."

"그게 뭐가 이상하다는 거야?"

초이량이 바로 핀잔을 주고 말을 이었다.

"사실 저는 영호선이 저를 죽일 거라고 생각했었죠. 아니, 죽지 않더라도 영호선의 성격상 최소한 죽기 직전까지는 맞겠다 싶었거든요. 그런데 그에 관해서는 아무 말도 없었어요. 저도 다행이라고 생각해 동료들에게 차마 의논을 못했죠. 특히 유은령이 곁에 있는 상황에서는……."

말을 얼버무리며 초이량은 유은령의 눈치를 살폈다. 유은령은 매섭게 노려보긴 했지만 바로 눈을 돌려 입을 열었다.

"궁금한 것이 많아서 이것저것 물었지만 제대로 대답을 듣지 못했어요. 실종된 후 어디에서 어떻게 지냈는지, 어떤 이유로 잠마원을 나가게 된 것인지, 잠마원을 떠들썩하게 만들었던 작별 인사말을 했던 분은 누구인지 등등… 그런 말을 물을 때면 신경질만 냈거든요."

모두들 고개를 끄덕였다.

그들이 의문을 품었던 것들은 지금 이 자리에서 낱낱이 밝혀진 터였다. 모두들 그동안 큰 함정에 빠졌다는 것을 더욱 실감했다.

"아! 정말이지, 그래서 더 영호선 같았어요. 왜냐하면 영호선은 원래부터 이상한 것으로 머리부터 발끝까지 무장했다고 해도 과언이 아니니까요."

청당의 말에 영호선도 인정하긴 싫지만 고개를 끄덕일 수밖에 없었다. 항마도 곁에서 '흐음, 묘하게 설득력이 있군요'라고 중얼거렸다.

"그런데 왜 마도련의 상부에서 가짜를 만들어 행세하게 한 것일까요?"

소묘희가 물었다.

"나도 그게 궁금하구나."

"저기, 아주머……."

"빙화란다. 빙화 언니라고 부르렴. 아직 미혼에 숫처녀야."

"네? 네, 그럴게요."

소묘희는 물론이고 모두가 잠시 어리둥절한 기색이 역력했다. 하지만 그것도 잠시, 그들은 모두들 납득하고 말았다. 이 여인이 진짜 영호선의 사저라면 나름 보통 사람의 뇌 구조는 아닐 것이란 점을 떠올렸기 때문이다. 그녀는 푸근한 인상이긴 했지만 결코 매력적이라고 할 수 없었기에 숫처녀일 수밖에 없겠다 싶기도 했다.

'지랄하네.'

'후후후, 긴장이 풀린 모양입니다.'

잠마와 항마가 한마디씩 늘어놓았다.

항마의 말대로였다. 영호선은 비록 가짜 놈을 놓치긴 했지만 잠마원에서 짧다면 짧고 길다면 긴 시간 동안 함께한 이들 다섯과 이야기를 하는 사이에 어느덧 긴장이 풀린 상태였다.

"저기, 빙화 언니의 별호를 여쭤도 될까요?"

"별호는 없단다. 내 사부님에 대해서도 묻지 않았으면 좋겠다. 아까 말한 것처럼 너희들이 많이 알수록 좋을 게 없으니까. 하지만 확실한 건 이번 사건은 나와 사부님과 관계된 것이 아니라는 사실이야."

그때였다.

"이 새낀 또 뭐야~?"

뾰족한 여인의 음성이었다.

영호선은 단번에 화운설의 목소리라는 것과 그녀가 가짜라는 것을 이제야 알아차렸다는 것을 알 수 있었다.

그녀가 자신의 역용을 간파한 걸 감안할 때, 이번엔 생각보다 훨씬 늦게 깨달은 셈이었지만 둔하다고 탓할 수는 없었다. 괴선과 북룡, 서룡대주, 화산의 장로, 그리고 정체를 알 수 없는 두 그림자가 뒤쫓고 있는 상황에, 아마도 몸이 부풀어 올라 제 얼굴이 아니게 되었을 것이라 짐작했을 것이 뻔했기 때문이다.

음성은 또렷했지만 그렇다고 결코 가깝게 느껴지진 않았다.

잠마원의 기재들은 낯빛이 대번에 변했다.

'붙들고 있어봐야 시간낭비야. 적당히 돌려보내고 화운설을 찾아가는 게 좋겠어.'

잠마가 말했다.

하지만 영호선은 이들만 제 갈 길을 가게 하는 것이 옳은지 판단이 서질 않았다.

"얘들아, 내 말 잘 들거라. 나로서도 상황이 어떻게 돌아가고 있는지 정확히 알 수가 없구나. 그래서 너희와 계속 동행하긴 어려울 것 같구나."

"전 따라가겠어요."

유은령이 얼른 말했다.

"유은령, 그만해. 우린 잠마원으로 돌아가야 해."

초이량이 용기를 갖고 유은령을 쏘아봤다.

"난 가지 않겠어. 영호선을 만나야 해."

"흥, 좋을 대로 해. 하지만 우리를 끌어들일 생각은 마."

초이량의 말에 기다렸다는 듯 독상군과 청당, 소묘희가 고개를 끄덕였다.

유은령도 흔쾌히 말했다.

"물론."

영호선은 말이 끝나기도 전에 저희들끼리 떠드는 소리를 입을 쩝쩝거리며 듣고 있다가 말했다.

"아니. 바로 잠마원에 가는 건 위험한 일이야. 너희는 안전한 곳에 잠시 몸을 숨기고 있는 것이 우선이란 생각이다."

"네?"

"무림맹의 북룡참마대와 서룡참마대원들의 죽음을 보고도 모르겠니? 현재 이 부근뿐 아니라 성 전체로 봐도 갑작스레 정파 고수 중 누구를 만난다고 해도 이상한 일이 아니야. 그렇기 때문에 일단은 상황이 잠잠해질 때까지는 안전한 곳을 찾는 것이 현명한 선택인 셈이지."

"서협의 유화장이라면 괜찮을 것 같습니다."

청당이었다.

"유화장?"

"네, 하남성 동쪽을 담당하고 있는 마도련의 비밀 분타죠. 이곳에서도 이틀 정도 길이고, 장주이자 분타주이신 분은 제 백부 되십니다."

영호선은 흡족하게 고개를 끄덕였다. 비밀 분타라면 충분히 안전을 장담할 수 있겠다 싶었다. 게다가 거리도 그리 멀지 않은 점이 마음에 들었다.

"서협까지 내가 동행하도록 하마. 너희가 장원에 안전하게 들어가게 되면 그땐 마음이 좀 놓이겠어."

第三章
살인의 다양성

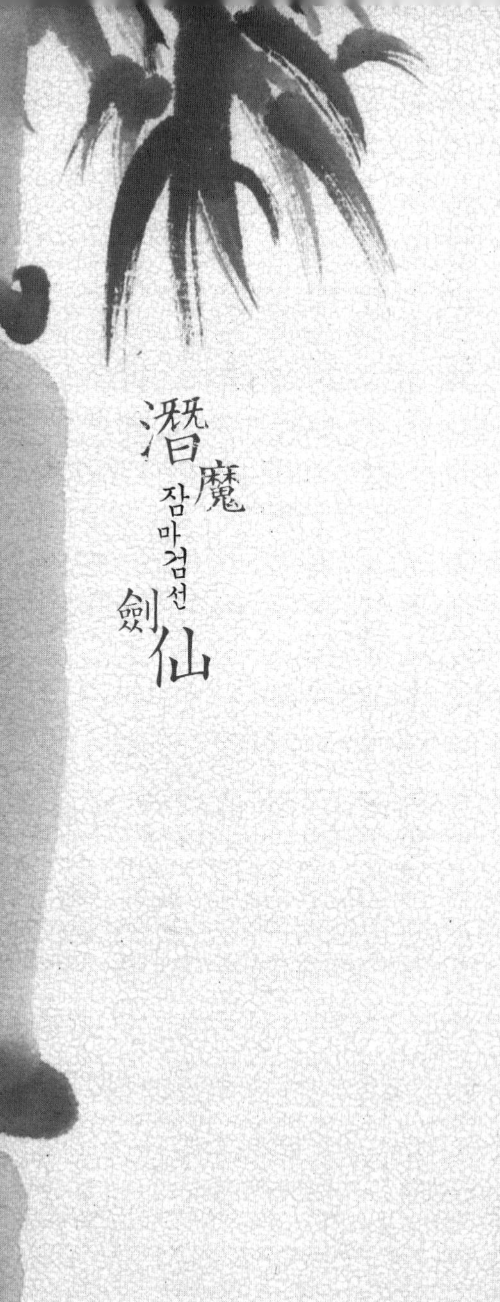

潛魔 잠마검선
劍仙

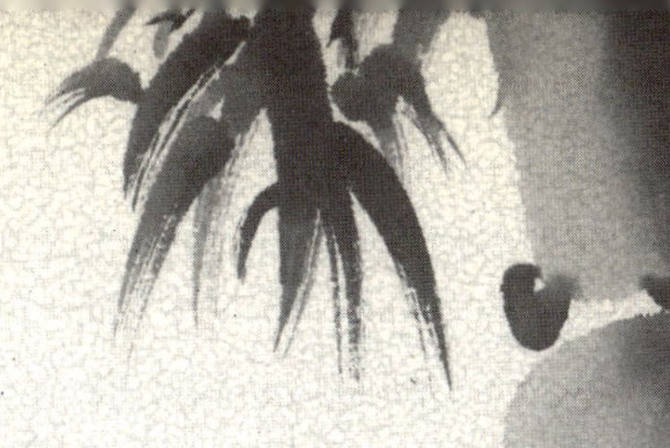

　노인은 두 발이 넝쿨에 묶인 채 절벽에 거꾸로 매달려 있었다. 피가 머리로 몰려 노인의 얼굴은 술독에 빠졌다가 나온 사람 같았다. 축 처진 몸만큼이나 노인의 두 팔도 힘없이 늘어져 머리 위로 원하지 않는 만세를 부르고 있었다.

　노인의 얼굴은 완전히 넋이 나가 있었다. 입은 살짝 벌어지고 동공이 흐릿했다. 그저 가끔 살아 있다는 것을 증명하듯 한 번씩 깜박일 뿐이었다.

　그러나 사실 노인의 정신은 외형적인 상태와 달리 멀쩡했다. 그저 잠시 충격을 받고 한두 가지가 정리되지 않을 따름이었다.

자신의 나이가 예순아홉이라는 것과 정파에서 손꼽히는 초절정고수로 불리는 삼선 중 한 명인 괴선이라는 사실을 너무나도 확실히 자각하고 있는 탓이었다.

"늙은이! 당장 영호선이 어디에 있는지 말해라! 말하란 말이야!"

절벽 위에서 들려오는 앙칼진 음성에 괴선은 느릿하게 눈을 깜박였다.

자신의 무기력함을 부추기는 음성이었다.

고작 열여섯이나 열일곱 정도로 보이는 소녀였다. 살 만큼 살았으니 죽는 것이야 대수로울 것이 없었다. 누구든 태어나는 순간부터 죽음을 향해 경주를 시작하는 것이 인생이기 때문이고, 자신은 꽤 오랫동안 경주를 했으며 언제든 목적지에 도착한다고 해도 미련 따윈 없었다.

그러나 그것은 어제까지의 생각이었다. 지금 그는 자신이 헛살았다는 것을 만세까지 부르며 깨닫고 있었다.

'내가 살던 강호는 대체 무엇이었을까?

문득 또 다른 진짜 강호가 있어서 스무 살만 되어도 신선처럼 검을 타고 날아다니는 것이 평범한 축에 속하는 그런 세상이 어딘가에 있는 것은 아닐까 싶었다.

항마칠단을 도륙한 영호선도 그곳에 다녀왔던 걸까?

그래, 맞다. 절정의 고수들이 혈안이 되어 찾아도 못 찾는 것도 그런 이유이리라.

그때 뿌연 안개 덩어리가 머리맡에 나타났다.

안개가 손의 형태를 띠더니 뺨을 사정없이 후려쳤다.

짜악!

괴선의 몸이 출렁였다.

"왜 아무 대답도 없는 것이냐! 죽은 체하는 것이냐?"

안개에서 억양없는 목소리가 튀어나왔다.

괴선은 무슨 말이라도 해야 한다고 생각했다. 다시 뺨을 얻어맞을 수는 없었다.

"너흰 누구냐?"

할 말이 없어서 던진 질문만은 아니었다. 그는 진심으로 어린 소녀와 안개 덩어리의 정체가 궁금했다.

짜악!

다시금 뺨에 불이 났다.

"너는 질문할 수 없다."

맞아도 아프지 않을 만큼, 하지만 충분히 기분 나쁠 정두의 손짓에 괴선은 피가 거꾸로 도는 것 같았다.

"죽여라."

"죽일 것이다. 네가 염려할 문제가 아니다."

"더 이상 모욕을 당하고 싶지 않다."

“모욕이 아니라 영광이라고 해야 한다.”

“……”

말없음에 다시 짝 소리가 나며 괴선의 고개는 시원하게 돌아갔다.

“영호선을 어디까지 추적했느냐?”

“영호선을 데리고 간 것은 네 주인이지 않느냐!”

“가짜였다는 것을 보았을 텐데?”

“후후후후.”

괴선은 웃고 말았다.

폐가에서 폭혈공으로 몸이 부풀어 오른 영호선을 납치한 것이 바로 절벽 위에서 앙칼진 소리를 내지른 소녀이다.

그녀의 뒤를 쫓으며 괴선은 두 가지에 놀랐다. 폭혈공이 그쳤다는 것이 첫째였고, 둘째는 한 사람을 들고서도 그 신법의 빠름이 가히 빛살 같다는 점이다.

홀몸으로 신형을 펼쳤다면 그로선 뒤쫓을 엄두조차 낼 수 없었을 터이다. 북룡과 서룡참마대, 그리고 화산의 장로가 뒤에 따라붙었으나 그들은 일식경도 되지 않아 기척이 사라졌다.

그 후 다시 일식경 정도가 지났을 때, 소녀가 터뜨린 분노의 절규를 들을 수 있었다.

소녀는 도주한다는 것도 잊은 채 ‘이 새끼 또 뭐야!’ 라며 고함을 질렀다.

괴선은 영문을 알 길이 없었다. 영호선을 두고 영호선이 어디에 있느냐고 묻고 있다니! 어린 나이에 무공에 지나치게 집착해 머리가 절반쯤은 돌아버린 것은 아닌가 싶었다.

그는 지근거리에 이르렀을 때 비로소 소녀가 말한 의미를 알아차렸다.

이때 영호선의 몸은 허공에 둥실 떠 있었는데, 얼굴의 삼분의 일가량만 남겨두고 나머지는 허물이 벗겨져 전혀 다른 중년인의 모습을 드러낸 것이다. 소녀는 왼손을 비스듬히 들고 역용한 자의 몸을 공중에 띄워두고 있었다. 그 상태에서 소녀는 오른손 검지에서 붉디붉은 혈광을 발산해 역용한 자의 몸에 수십 개의 구멍을 냈다. 대라신선이라도 그렇게 몸에 구멍이 나고선 살아날 수 없을 터였다.

그리고,

소녀는 고운 미간을 찡그리며 자신을 향해 달려들었다.

'이렇게 허망하게 당할 줄이야……'

그랬다. 소녀의 분노에 찬 손길 앞에 괴선은 이백여 초를 버티다 결국 제압당하고 말았다.

'그때 죽었어야 했거늘……'

괴선이 착오한 것은 소녀가 정도의 인물일 것이라고 믿은 점이었다.

그녀가 처음 영호선으로 오해하고 포획했을 때, 그녀는 분명히 자기 손으로 목을 따야 한다는 식으로 외쳤기 때문이다. 가짜라는 것을 알고 죽일 때만 해도 영호선을 갈가리 찢어 죽여도 시원찮다는 의지가 가득 담겨 있었다.

그러나 제압당해 볼썽사납게 나뒹군 그에게 다가온 것은 거침없는 발길질이었다. '나는 무림맹주를 돕고 있는 괴선이라고 하오' 라는 말을 가까스로 내뱉었을 때, 돌아온 건 더욱더 거세진 발길질이었다.

그 뒤 불현듯 나타난 안개 같은 형체에 의해 질질 끌려가 절벽에 매달렸다.

괴선은 그렇게 무기력하게 매달린 후에야 사정을 이해할 수 있었다. 이들은 영호선을 죽이고자 하는 뜻은 분명하나 정파의 인물도 결코 아니었던 것이다.

"지금 웃고 있을 때가 아닐 텐데……."

안개가 스산하게 말했다.

"실수를 인정하고 싶지 않다만 내가 쫓고 있던 것은 처음부터 역용한 가짜였다. 어디서부터 놓치고 말고가 없이 완벽히 속아 넘어간 게지. 더 이상 구차하게 이야기를 나누고 싶지 않으니 손을 써라."

괴선은 진심으로 생을 접고 싶었다. 이 험한 산중에서 구원을 바라는 것은 무리였다. 구하겠다고 누군가 온다고 해도 그

걸 말려야 할 상황이었다. 자신과 같은 수준의 요선과 독선이
온다고 해도 말이다.

오직 한 명, 무림맹주 창천검성이 온다면 이야기가 다르겠
지만 그건 어디까지나 희망 사항일 뿐이었다.

그래, 다음 생을 기약하리라. 이승에서 더 머물러 봐야 소
녀를 넘어설 가능성은 없다.

그러나 안개는 그냥 보내줄 마음이 없는 모양이었다.

"영호선의 행적을 처음 포착한 곳은 어디였지?"

"죽는 마당에 이 늙은이의 호기심을 불러일으키는군. 왜
그렇게 영호선에 집착하는 거지? 혹시 저기 위쪽에 있는 소녀
가 영호선에게 실연이라도 당한 것이냐?"

안개가 순간 검붉은 빛으로 변했다.

괴선은 미소를 머금었다. 그는 아니라는 것을 알면서도 상
대가 살수를 펼치도록 도발한 것이었다.

"끌고 올라와라!"

위쪽에서 명이 떨어졌다.

안개는 다시 새하얗게 변했다.

괴선은 한숨을 내쉬었다. 죽는 것도 쉽지 않았다.

안개를 두른 채로 풍진은 괴선의 뒷덜미를 잡고 절벽 위로
끌어올렸다. 매달아두었던 넝쿨은 스치듯 그어 잘라냈다.

펑펑한 바닥에 내던져진 괴선은 마혈이 제압당한 터라 여

전히 두 팔을 머리 위로 쳐든 채 반듯하게 누운 형국이었다.

"쓸모없는 놈 같으니. 헛되이 나이만 처먹었구나. 네놈 주름살이 아깝다."

화운설은 차갑게 쏘아붙인 후 풍진을 향해 말했다.

"놈을 저며라."

"저미겠습니다."

괴선이 눈을 빠르게 세 차례나 깜박였다.

'저며? 뭘?'

물음을 떠올리자마자 불길한 상상이 저절로 떠올랐다.

'서, 설마… 내 몸을 저민다는 것은 아니겠지?'

"최대한 오래 숨이 붙어 있어야 한다."

"새끼발가락부터 저미겠습니다."

"흐흐, 그게 정석이지."

"그렇습니다."

괴선은 이를 악물었다.

의지를 배반하고 심장이 절로 펄떡거리며 뛰었다.

이 두 연놈은 웃지도 않고 태연한 낯짝으로 자신을 잘게 썰 작정인 것이다.

그는 강호를 종횡하며 여러 번 죽음의 고비를 넘겼지만 자신의 최후가 다져진 쇠고기마냥 썰리게 될 것이라고는 생각지도 못했다.

무인으로서 검에 목숨을 잃는 것을 영광이라고 생각했거늘 같은 검이라도 그 검에 살점이 얇게 저며져 잘려 나가는 것은 상상조차 해본 적이 없었다.

"지금 무슨 짓을 하려는 것이냐!"

어쩔 수 없이 음성이 떨려 나왔다.

"너는 잘 알고 있다."

풍진이 대답했다.

괴선은 몸을 부르르 떨었다. 온몸에 잔털까지 모조리 곤두섰다.

안개 속에서 풍진은 꿈틀하며 비수를 꺼내 들었다.

팔처럼 뻗어 나온 안개 형상 끝에 매달린 비수가 괴선의 왼발로 이동했다. 신발을 벗기고 바지도 벗겨내자, 볼썽사납게 속옷만 입고 누운 형국이 되었다.

슥!

따끔한 느낌에 괴선이 몸을 움찔했다.

풍진이 손을 들어 보였다.

괴선은 안개 사이로 잠자리 날개보다 얇은 조각을 보았다.

화운설이 인상을 구기며 버럭 외쳤다.

"더 얇게!"

"죄송합니다."

괴선은 완전히 미쳐 버릴 것 같았다. 뭐가 더 얇게고, 뭐가 또 죄송하다는 말인가.

"이럴 순 없다. 깔끔하게 날 죽여라. 이 무슨 천인공노할 짓이란 말이냐."

정녕 생각하는 것만으로도 끔찍한 일이었다.

고통을 느끼느냐 마느냐가 문제가 아니었다.

두 눈 멀쩡히 뜬 채로 발가락부터 저미기 시작해 자신의 발이, 종아리가, 그리고 허벅지가 차례로 다진 고기가 되어 사라져 가는 것을 지켜보아야 한다.

그다음엔 손가락과 팔이 사라져 어느 순간 머리와 몸통만 남게 될 터였다.

그땐 아마 재밌겠다며 데굴데굴 굴려볼지도 모른다.

괴선은 아직 몸이 멀쩡하지만 벌써부터 머리와 가슴만 남겨진 모습이 떠오르는 것 같았다.

잘게 썰어진 살점들은 독수리와 까마귀, 그리고 수많은 들짐승들이 경쟁하듯 달려들어 순식간에 짐승의 위장 속으로 들어가고 말리라. 어쩌면 영혼은 그 죽음의 충격으로 구천을 하염없이 떠돌게 될지도 몰랐다, 그것도 머리와 가슴만 남은 채로.

괴선은 비통함이 물밀듯이 밀려와 피눈물을 쏟았다.

"호호호호, 우냐? 무서워?"

화운설은 괴선의 머리 쪽에 쭈그리고 앉았다. 그녀는 기쁨을 감추지 못했다.

괴선은 해맑게 웃는 얼굴이 그 어떤 악귀보다 더 잔혹하게 보여 입술을 부르르 떨었다.

"넌 몰랐겠지만 사실 죽일 생각까진 없었어. 사람 안 죽인 지도 꽤 됐거든. 내가 오랜만에 살심을 품은 건 순전히 영호선이라는 놈 때문이거든. 그런데 아까 네가 뭐라고 했지? 실연? 허허허, 그래서 사람은 말을 가려서 해야 하는 법이란다. 쯧쯧쯧, 불쌍한 놈."

괴선이 눈물 속에서 눈을 부릅뜨고 혀를 깨물었다.

그러나 화운설의 손이 더 빨랐다.

파팟!

마혈이 제압된 것에 이어 이젠 아혈까지 찍혀 혀를 살짝 베어 문 채로 괴선은 굳어버렸다.

"진작 그랬어야지. 왜 이렇게 서툰 거냐. 정파 놈들은 무슨 미련이 그렇게도 많은지 모르겠어."

화운설이 괴선의 눈가로 손을 뻗었다.

괴선은 눈알을 튕겨낼 듯 노려봤다. 이대로 눈을 뽑힐 것 같았다. 하지만 눈을 헤집으며 손가락이 들어올 것이라고 생각했지만 손은 눈 밑을 쓸었다.

스윽.

"눈을 뽑진 않아. 네 모습을 네 스스로 똑똑히 봐야 하니까. 자, 착하지. 이제 다져 주마. 풍진!"

풍진이 비수를 번개같이 움직였다.

스스스슥.

처음보다 더욱 얇게 발가락이 썰려 나갔다.

순식간에 왼쪽 발의 새끼발가락은 세상에서 사라졌다. 풍진은 저며진 발가락을 괴선의 가슴에 올려놓았다.

그것은 즐겨 먹던 쇠고기 다진 요리 같았다. 문제라면 그것이 쇠고기가 아니라 자신의 살점이라는 점이었다.

괴선은 따끔거리는 통증을 느끼며 이젠 감아지지도 않는 눈으로 푸른 하늘 아래 떠다니는 구름을 바라보았다. 기분 나쁘게 맑은 하늘이었다.

새끼발가락이 사라진 자리에서 피가 줄줄 새어 나왔지만 풍진은 아랑곳하지 않고 객점에서 일하는 전문 주방장이 야채를 잘게 썰듯 네 번째 발가락도 총 서른두 조각으로 옅게 저몄다. 그야말로 눈 깜짝할 사이에 두 개의 발가락이 몸에서 떨어져 나갔다.

그렇게 풍진이 막 세 번째 발가락의 얇은 살점 하나를 잘라 낼 때였다.

"응?"

화운설이 의아하다는 소리를 내자, 풍진은 자신이 무언가 실수를 한 것인가 싶어 고개를 들었다.

화운설의 시선은 괴선의 발이 아닌 북서쪽 하늘을 바라보고 있었다. 풍진도 얼른 시선을 따라갔다.

한 마리 새였다. 새가 아니고는 하늘을 날 수 없는 것이다.

'새가 아니야.'

새는 점점 커지고 있었다. 괴이하게도 날아오는 새는 날개가 없었다. 대신 있어서는 안 되는 팔다리가 달려 있었다. 새도 아닌 것이 하늘을 날아서 이쪽으로 다가오고 있는 것이다.

풍진의 안개 형체가 급속히 붉은빛을 띠었다.

화운설은 이미 대항할 준비를 하고 있었다.

파르르륵.

화운설의 소맷자락이 부풀어 오르며 미칠 듯 펄럭였다.

두 발은 견고히 땅에 딛고 내력을 극한으로 끌어올리고 있었다.

푸스스슷.

화운설 주변으로 흙먼지가 뿌옇게 피어올랐다.

그러는 사이 창공을 가로지르며 날아오는 인영은 거의 백여 장까지 다가왔다.

괴선은 머리를 움직일 수 없었지만 눈동자는 간신히 굴릴 수 있었던지라 저만치 구름 아래 한 사람이 날아오는 것을 볼 수 있었다.

'맹주?'

제일 먼저 떠오른 건 당연하게도 무림맹주 창천검성이었
다. 살 수 있다는 희망이, 아니, 죽더라도 저며지지는 않겠다
는 기대가 부풀어 올랐다. 맹주의 무공은 더욱더 높은 경지에
오른 것이 분명했다. 단지 드러내지 않았던 것뿐이리라.

"휘이이이~"

화운설이 입을 오므려 휘파람을 불었다.

그 즉시 풍진은 괴선을 들고 뒤쪽 십여 장 밖으로 물러났
다.

괴선은 의아했지만 곧바로 휘파람 소리가 단순히 호기를
부리는 것이 아닌 음공을 시전한 것임을 알 수 있었다.

혈도가 제압당해 진기를 운용할 수 없고, 음파의 범위 뒤쪽
에 있음에도 불구하고 심장이 미칠 듯 뛰었다.

이 정도의 음공이라면 전면에서 직접 음파를 당하는 상대
는 곤란을 겪지 않을 수 없을 것 같았다.

휘파람의 곡조는 길고 높게 올라갔다가 순간적으로 잦아
들었다가 미풍처럼 다시 피어올랐다.

그러나 날아오는 인영의 기세는 전혀 변함이 없었고, 이윽
고 삼십여 장 안으로 들어섰다.

화운설이 두 팔을 쭉 내뻗었다.

그 순간 열 개의 붉은 빛줄기가 열 마리의 적룡처럼 공간을
뭉그러뜨리며 날아드는 인영을 향해 뻗어나갔다.

괴선은 눈이 튀어나올 것 같았다.

그는 이 소녀와 이백여 초를 맞서 싸웠지만 그건 어디까지나 생포하기 위함이었다는 것을 깨달았다. 그녀가 죽이려고 했다면 그로서는 반초지적도 되지 않았던 것이다.

절망이 엄습했다. 인영이 창천검성이든 아니든 강기 다발을 막아낼 수는 없을 터였다.

날아든 사람은 공중을 부유하며 나는 관성 때문인지 그 붉은 광채를 피할 수 없을 것 같았다.

풍진의 안개도 이제 안심이다 싶었는지 어느새 다시 본래대로 돌아왔다.

붉은 강기 다발은 곡선을 그리며 한 지점, 날아드는 인영을 향해 곧바로 나아갔다.

'끝이다.'

괴선은 할 수만 있다면 눈을 감고 싶었다. 상대가 나빴다. 이젠 부디 창천검성이 아니기만을 바랄 뿐이었다.

그 순간 괴선은 눈에 핏발을 돋우며 부릅떴다.

인영이 적룡의 기세로 덮쳐 오는 강기 다발을 움켜잡았다. 그것이 잡는다고 잡히는 것인가 하는 의문도 잠시, 인영은 열 개의 강기를 엿장수가 엿가락 구부리듯 손아귀에 잡고 마구 구겨 버리더니 둥그런 붉은 공처럼 만들었다.

괴선은 물론이고 풍진도 극심히 동요했다. 덕분에 안개는 검붉은색으로 변해 미친 듯이 꿈틀거렸다.

화운설도 어깨를 흠칫 떨었다.

그러나 이내 인영을 향해 신형을 날렸다. 그 자체로 하나의 강기요, 거대한 빛줄기였다.

인영은 이젠 완연히 큰 호박 덩어리처럼 붉은 강기를 뭉쳐 놓았고, 그것을 화운설을 향해 쏘아 보냈다.

화운설이 허공에서 빙글 몸을 회전시키며 강기 덩어리를 피했다. 붉은 공이 된 강기는 그녀를 스치고 지나 괴선과 풍진이 머문 자리에서 오십여 장 너머에 떨어져 내리며 땅을 뚫고 들어갔다.

콰콰광!

산이 통째로 흔들리듯 거대한 지진이 일었다.

"하하하하! 제법이구나, 화운설!"

인영의 목소리는 통쾌함이 가득했다.

화운설은 이때 인영의 면전에 거의 다다른 상태였고, 상대가 비록 자신의 이름을 알고 있다고 해도 이대로 멈출 의사는 전혀 없었다.

이 정도 거리라면 상대가 강기를 막을 수 있는 수단을 부릴 수 없을 터.

손을 떨치자, 그녀의 손가락 끝에서 붉은빛을 띤 다섯 개의 강기 다발이 발출되었다.

인영은 다시 크게 웃음을 터뜨렸다.

"크하하하하!"

그 즉시 놀라운 일이 벌어졌다.

단지 웃음을 터뜨렸을 뿐이건만 그 앞에서 강기 다발은 흔적도 없이 사라져 버린 것이다.

화운설이 기가 막힌 표정으로 멍해져 있을 때, 인영이 획하고 접근해 화운설의 뒷덜미를 움켜쥐었다.

"오랜만에 사부를 보니 그렇게 반갑더냐!"

화운설이 '사부' 라는 단어에 놀라는 사이 인영, 아니, 광마혈성은 절벽 위로 내려섰다.

"사, 사부님?"

뒷덜미를 잡힌 채로 화운설이 목을 움츠리고 눈동자만 돌려 광마혈성 쪽을 바라봤다.

화운설이 세상에서 유일하게 두려워하는 사람이 있다면 그건 바로 사부였다.

"그래, 반로환동을 이루었다더니 진짜였구나."

백의를 걸친 광마혈성은 선풍도골의 풍모를 여지없이 드러내고 있었다.

"저, 정말 사부님이세요?"

말을 하면서 화운설은 사부가 맞다고 생각했다. 왜 선풍도골이 된 것인지는 알 수 없었지만 그 속에서 옛 모습을 얼핏 엿볼 수가 있었다.

"제자 화운설, 사부님께 인사 올립니다."

잡힌 뒷덜미가 풀렸다.

화운설은 즉시 무릎을 꿇고 머리를 조아렸다.

월광잠영으로 안개 은신을 하고 있던 풍진도 본래의 모습을 드러내고는 발작하듯 무릎을 꿇고 머리를 땅에 박았다.

풍진은 영호선을 잡으러 형산에 은신하고 있을 때 자신을 집어 던진 선인이 바로 눈앞의 광마혈성임을 깨달았다.

왜 그때 형산에 모습을 드러낸 것인지는 알 수 없었지만 지금 중요한 것은 자신은 감히 얼굴조차 들 수 없는 위대한 존재가 눈앞에 있다는 사실이었다.

한편 괴선은 머리가 어떻게 되어버릴 것 같았다.

하늘을 날아온 인영이 강기를 아무렇게나 뭉개 버릴 때 이미 창천검성이 아니라는 것을 자각하긴 했지만 설마하니 악랄하기 이를 데 없는 소녀의 사부인 것이다.

세상에 두려울 것이 없어 보이는 반로환동까지 했다는 인간이 두려워 벌벌 떨 정도의 인물이라니. 그는 어쩌면 오늘 그냥 썰리는 것으로 끝나지 않을 것 같은 불안에 뇌가 녹아내릴 것만 같았다.

광마혈성이 앉으며 너털웃음을 터뜨렸다.

"설마 설마 했었다. 반로환동이 그리 간단한 것이 아니거든. 허허허, 편히 앉도록 해라.”

“네.”

화운설은 고개를 들었을 뿐 여전히 무릎을 꿇은 자세를 유지했다.

“내가 반로환동하지 않길 천만다행이지. 하마터면 겉모습이나마 연배가 같아질 뻔했구나.”

화운설은 사부의 용모가 완연히 달라지고 선기가 물씬 풍기는 것이 자신이 감당하기 힘든 경지에 이르렀다는 것을 알 수 있었다. 반로환동으로 생색을 낼 만한 상황이 아니었다.

그러나 무엇보다도 그동안 어디에서 어떻게 지냈는지가 가장 궁금했기에 조심스럽게 물었다.

“사부님은 그동안 어떻게 지내셨는지요?”

“나야 그동안 잠마원에 있었다.”

“네? 잠마원이라뇨?”

물으면서도 화운설은 자신이 사부의 말꼬리를 잡은 것은 아닌가 싶어 전전긍긍했다. 어릴 적 무공을 배울 때도 사부는 같은 질문이 두 번 나오거나 다른 질문이라도 여러 번 반복되면 어김없이 분노를 터뜨렸고, 그 때문에 한번은 사제가 반쯤 죽어나간 적도 있었던 것이다.

자신 또한 그 영향을 받아서인지 말꼬리를 잡고 늘어지는 것은 딱 질색이었다. 풍진처럼 고분고분 순응하지 않으면 참을 수가 없었다.

하지만 그것은 기우였다.

"잠마원에 마군자의 유산이 있지 않느냐. 그 아래로 더 내려가면 지하 동부가 하나 있다. 그곳에 있었지."

"아! 제자도 잠마원에 잠시 머문 적이 있었습니다."

"오호, 그래? 그게 언젯적이냐? 그럼 혹시 영호선이란 놈도 알고 있느냐?"

"알다마다요."

화운설은 자기도 모르게 이를 빠드득 간 다음, 잠마원에서 지내게 된 경위와 영호선을 반드시 죽여야만 하는 이유를 자세히 늘어놓았다.

"하하하하! 재밌구나, 재밌어. 그런데 이를 어쩌냐?"

"네?"

"내가 영호선 그놈을 제자로 삼았거든. 그러니까 네 사제인 셈이로구나. 하하하하, 너는 이제 놈을 죽일 수 없게 되고 말았구나."

화운설은 몸을 부르르 떨었다. 하지만 죽이겠다고 말할 수도 없었다. 어째서인지 사부가 영호선을 언급하면서 유쾌한 기분을 숨기지 않았기 때문이다.

광마혈성은 풍진을 바라보았다.

"오호, 그러니까 형산에 저놈이 나타난 것도 이제 이해가 되는구나. 월광잠영에 은하십침을 사용하는 것을 보고 너와 관계가 있다고 생각해서 죽이지 않았었지."

풍진이 차마 고맙다는 말도 꺼내지 못하고 그저 쿵쿵 소리 나게 머리를 땅에 박아댔다.

괴선은 이젠 완연히 입 안에 거품이 고이는 것을 느꼈다.

영호선이 패악한 것도 충분히 이해할 수 있을 것 같았다. 이런 기괴한 사부와 제자라니. 게다가 무공은 수준을 운운할 수 있는 그런 경지가 아니었다. 신선 정도는 되어야 비로소 상대를 할 수 있을 것 같았다.

"제자는… 사제를 용서하겠습니다."

화운설이 떨리는 음성으로 말했다. 하지만 그 속에는 자비와 용서 대신 분노를 억누르는 기색이 담겨 있었다.

"후후, 꽤 분한 모양이로구나."

"아닙니다. 제자가 어찌……."

"원래 그놈이 생겨먹은 게 특별하니 어쩌겠냐. 게다가 잠마원에서 날뛰었을 때는 놈이 혈마환을 먹고 확 돌아버렸기 때문이다. 뭐, 지금은 많이 좋아졌지. 나로선 그게 불만이긴 하다만."

"사부님, 사제는 여전히 미친 상태입니다. 항마원의 기재들을 죽이는 바람에 정파 놈들이 눈에 불을 켜고 있습니다."

"으응?"

광마혈성은 이제 화운설까지 소요마선과 똑같은 말을 하자 반신반의하는 마음이 생겼다. 정녕 괴이한 일이 아닐 수 없었다. 감히 혈마환 따위가 마운천봉공의 기운을 흩뜨릴 수 있단 말인가?

"사부님, 그런데 문제는 셋째만이 아니라 둘째도 미쳐 가나 봅니다."

"설태유 그놈이 왜 미쳐?"

"강호를 일통이라도 할 모양입니다."

화운설은 직접 눈으로 목격했던 폭혈공의 광경과 영호선으로 역용했던 상황 등을 설명했다.

광마혈성의 눈에서 기광이 번뜩였다.

"폭혈공이라……."

순간 싸늘한 냉기가 삽시간에 주변을 물들였다.

무방비 상태인 괴선은 심장이 얼어버리는 것만 같았다.

화운설은 사부가 활동하던 시기에 폭혈공 따위를 쓰는 마도 인물들을 지독히도 싫어했다는 것을 잘 알고 있었다. 죽으려거든 곱게 죽지 왜 몸을 터뜨리느냐며 폭혈공이나 그 비슷한 것을 익힌 자들을 한데 모아놓고 '자, 한번 실컷 터져 봐라' 며 한꺼번에 몰살시킨 적도 있었다.

그러한 사실을 누구보다 뼈저리게 기억하고 있을 둘째가 폭혈공으로 정파인들을 공격하도록 방치한 것은 정녕 미쳤다고밖에는 설명할 수가 없었다.

광마혈성이 고개를 저었다.

그러자 싸늘한 냉기가 씻은 듯 사라졌다.

"아니, 이건 뭔가 잘못된 것 같구나."

"둘째가 지존이네 뭐네 칭송받다가 끝내 돌아버린 것이 아닐는지요?"

"녀석은 원래 그런 것에 관심이 없지 않더냐."

"그, 그렇긴 합니다만……."

"흥, 만약 그것이 사실이라면 결코 가만두지 않겠다. 우선 자리를 옮기도록 하자."

광마혈성이 일어섰다. 그러다 마치 이제야 발견했다는 듯 괴선을 향해 시선을 던졌다.

"저놈은 또 뭐냐?"

"괴선이라는 정파의 아이입니다."

"후후, 별호하고는. 가자."

광마혈성이 훌쩍 절벽 아래로 몸을 던지자, 화운설이 지체치 않고 바로 그 뒤를 따랐다.

풍진은 그제야 몸을 일으켜 괴선을 향해 차갑게 한마디를 던졌다.

"운이 좋은 놈이로구나, 마도의 전설을 직접 눈으로 목격하고도 살아남다니."

괴선은 눈만 부릅뜰 따름이었다.

스스슥.

풍진이 안개에 뒤덮이더니 이내 뒤따라 절벽 아래로 몸을
날렸다.

괴선은 그렇게 버려졌다.

자신이 이렇게 가치없는 존재였던가?

하늘은 대놓고 조롱하듯 여전히 화창하기 그지없었다.

그러다 아까의 대화가 머리를 스치고 지나갔다.

'그나저나 설태유라니…… 설마 그 설태유란 말인가?

第四章
화유장

潛魔
잠마검선
劍仙

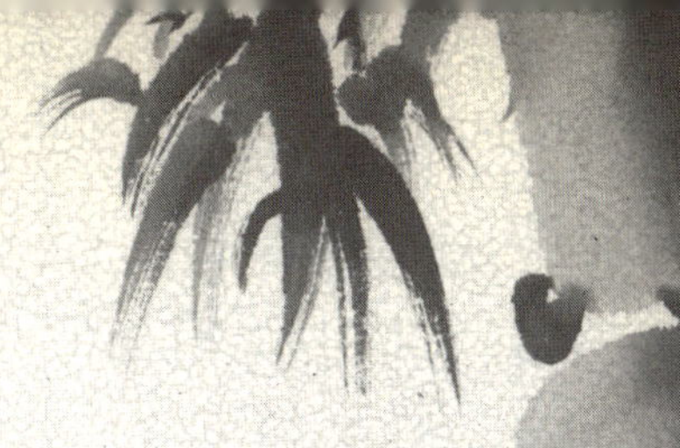

　영호선은 꼬리를 달고 서협으로 향했다.

　잠마는 귀가 따갑도록 한시라도 빨리 화운설을 찾는 것이 낫다며 고래고래 고함을 질러댔다.

　항마는 굳센 표정으로 의와 협을 들먹이며 잠마를 타박했고, 달려가는 내내 치고받고 난리도 아니었다.

　그 때문에 영호선은 인상을 찡그리기도 하고, 어이가 없어 헤실헤실 웃기도 했다. 잠마원의 기재들은 또 그런 영호선의 모습을 보고 고개를 갸웃거렸다.

　일행은 관도가 아닌 산야를 관통하는 길로 진행했다. 어느

덧 해가 저물어 어둠이 내려앉자, 독상군이 쭈뼛거리며 영호
선에게 건의했다.

"민가에 신세를 지는 것은 어떻습니까?"

영호선이 고개를 젓기도 전에 독상군은 다른 기재들로부
터 집중 공격을 받고 바로 찌그러들었다.

독상군으로서는 나름 일행 중 여인들, 유은령과 소묘희가
섞여 있어 배려 차원에서 꺼낸 말이었다.

하지만 소묘희로부터 '똥인지 된장인지도 구분 못하는 머
저리' 라는 말을 들었고, 특히 천적이랄 수 있는 유은령은 독
상군의 복부에 당장에라도 검을 쑤셔 박을 것처럼 들이밀고
는 '오늘 그냥 살 빠진 돼지 한 마리 잡을까?' 라며 조용히 협
박하기까지 했다.

그렇게 시간과 어둠, 심지어 민가까지 무시하고 달리던 일
행은 자정을 훌쩍 넘었을 때 비로소 휴식을 취했다.

일행 중 가장 뛰어난 유은령마저 호흡이 거칠어진 것을 보
고 영호선이 잠시나마 눈을 붙일 필요가 있다고 생각해 명을
내린 것이었다.

잠마원의 기재들은 거친 숨을 몰아쉬며 대자로 뻗어버렸
다. 밤하늘은 구름 한 점 없어 수많은 별이 제각각 반짝거렸
다. 숨을 들이켤 때마다 별들이 가까이 다가왔다가 내뱉으면
별들이 멀리 물러서는 것 같았다.

　영호선은 그 모습을 보며 씨익 웃고는 이내 은밀히 몸을 빼내 주변 방원 이백여 장까지를 샅샅이 점검했다. 사람은 그림자조차 찾을 수 없었다.

　영호선이 돌아왔을 때, 잠마원의 기재들은 초이량을 제외한 모두가 어느새 가부좌를 튼 채 운기행공을 하고 있었다. 운기를 할 때 누군가 공격을 감행한다면 치명적인 결과를 초래하기 때문에 초이량은 호위를 맡고 있었다.

　영호선이 나직이 말했다.

　"초이량, 너도 운기하도록 하렴."

　초이량이 고개를 끄덕이고 운기하는 것을 보며 잠마가 말했다.

　'녀석들, 그래도 꽤 어른스러워진 것 같네.'

　항마도 빙긋 웃었다.

　'소인 생각도 그래 보이는군요.'

　'네가 뭘 안다고 참견이야!'

　'소인 또한 잠마원에 있었으니 모를 수가 없지요.'

　'흥! 잘났군, 잘났어.'

　영호선도 소리없이 웃었다.

　'아직 철부지들이지만 저놈들이 커서 마도의 기둥이 되는 것이겠지.'

　그러다 문득 우울함에 사로잡혔다. 현재 상황이 어떻게 돌아가고 있는지 알 수 없었지만 마도와 정도는 언제나 건수만 생기면 서로를 못 죽여 안달이니 저들과 항마원의 기재들이 지도자가 된다고 해도 또 언젠가는 서로를 향해 칼을 겨눌 것이란 생각 때문이었다.

애초에 항마원과 잠마원이 서로 교류하며 어릴 적부터 친목을 다지고 우정을 쌓는다면 훗날 정마대전 따위는 걱정하지 않아도 되는 것이 아닐까 싶었다.

항마출정이네 잠마현신이네 이런 외부 활동이 아니라 일 년씩 교환 교육을 받는다면…….

'그럼 수없이 죽어나갔겠지.'

잠마가 이기죽거렸다.

'헛소리!'

영호선은 잠마를 사납게 노려봤다. 잠마원과 항마원에 몸담은 것은 자신이 유일할지도 몰랐다. 그리고 그 속에서 마주한 기재들은 별다를 것이 없었다. 잠마원의 사인방 녀석들조차 어깨에 잔뜩 힘을 주고 있긴 했어도 속내를 들여다보면 유별난 것도 없었다.

내가 만약 무림맹주나 마도련주였다면 먼저 손을 내밀어 볼 텐데…….

짝짝짝!

'정말 훌륭한 생각이십니다.'

항마가 박수를 보냈다.

'흐흐, 괜찮지?'

'네, 지금껏 소인이 들었던 어떤 말보다 훌륭합니다.'

잠마가 흥 하고 콧방귀를 뀌었다.

'무림맹주와 마도련주라……. 꿈 깨라. 우린 지금 자칫하면 무림맹과 마도련 양쪽 모두로부터 공격당할 수도 있는 상황이야.'

영호선은 쓰게 입을 다시며 잠마원의 기재들 쪽을 바라봤다. 유은령을 시작으로 하나둘 운기를 마치고 몸을 일으키고 있었다. 붉게 상기되었던 신색들이 안정되어 보였다. 잠시 후 초이량까지 운기를 마치자 영호선이 입을 열었다.

"잠깐이라도 눈을 붙이는 것이 좋겠다. 두 시진을 주마. 방이 초라하지만 너희 모두를 위해 제일 큰 방을 얻었으니 각자 편한 자리를 찾아보도록 해."

"정말 초라한 걸요. 하지만 천장에 반짝이는 별 장식은 마음에 쏙 들어요."

소묘희가 장단에 화답하자 모두들 웃음을 터뜨렸다.

영호선도 연이어 장단을 맞췄다.

"먹구름 장식에 덤으로 장대비가 준비된 방을 준다는 걸 겨우 설득했단다. 돈도 꽤 많이 들었어."

다시 웃음이 터져 나왔다. 여유없이 쫓기던 중에 오랜만에 기분 좋게 웃는 웃음이었다.

영호선은 마주 웃기는 했지만 도리어 마음은 안타까웠다.

시답잖은 농담에 낄낄거리는 녀석들이라니.

영호선은 신형을 끌어올려 나무 위로 올라갔다.

나무는 어른 두 사람이 두 팔을 벌려 껴안아야 할 정도의 둘레였고, 그만큼 높다랗게 솟아 있었다.

중간 높이까지 올라 허벅지 두께 정도의 가지 위에 걸터앉았다. 잠마는 거의 꼭대기까지 올라가 손가락만 한 굵기의 가지에 몸을 뉘였고, 항마는 곁에서 멀지 않은 곳에 자리 잡았다.

땅의 한기를 피해 잠마원의 기재들도 각기 부근의 나무로 올랐다.

그때 휙 하고 그림자 하나가 번뜩였다.

영호선은 살짝 미간을 찡그렸다.

유은령이 어느새 바로 옆 가지에 누우려 하고 있었다.

"여기서 자도 되죠?"

만약 이곳이 잠마원이었다면 '당장 꺼져' 라고 말하거나, '그래, 실컷 자라' 며 도리어 영호선이 자리를 떴겠지만 이곳은 잠마원이 아닐 뿐 아니라 현재는 영호선이 아닌 빙화였다.

반짝이는 별 장식에 나뭇가지 침상이 마련된 무료 객방에서 다른 침대를 찾아보겠냐고는 말할 수 없었다.

“그럼… 편할 대로 하렴.”

“고마워요.”

유은령이 기다렸다는 듯 양손을 포개 귀밑에 대고 누웠다.

영호선 쪽을 보며 옆으로 누운 자세였다.

영호선은 반듯하게 누웠다.

유은령이 말했다.

“빙화 언니.”

“응?”

“영호선 좋아해요?”

“앙?”

영호선이 고개를 돌려 유은령을 쳐다봤다. 폐가에서의 험악한 상황에 이어 쉼없이 달려온 여정에 제대로 씻지도 못했을 텐데도 유은령은 그 와중에도 빛이 났다.

아까까지 길게 늘어뜨려진 긴 머리카락은 말아 올려 뒤로 질끈 묶인 채였는데, 그 때문에 목 선이 고스란히 보여 기묘한 미색을 뿜어내고 있었다.

밤하늘의 별 중 몇 개가 그녀의 눈에 풍덩 빠져버렸는지 그 안에서 허우적거리느라 눈이 반짝거렸다.

살짝 다문 입술은 어둠 중에서도 연한 선홍빛으로 도드라져 보였다.

그러나 그러는 중에 스산한 기운 또한 스멀거리며 피어내고 있었다.

양손은 여전히 머리맡에 있었지만 기세만큼은 언제라도 검을 뽑아버릴 것 같았다.

"좋아하지. 당연히."

유은령이 누운 채로 눈을 사납게 부릅떴다. 한기가 확 뻗어 나와 주변을 서늘히 식혔다.

"정말이에요?"

가장 가까이에 있던 항마가 몸을 오들오들 떨었다.

잠마는 '또 시작이구나. 에혀~' 라며 한숨을 내쉬었다.

바로 옆 나무에 자리 잡은 독상군이 어설프게 코 고는 소리를 냈지만 어깨가 떨리는 것을 감추지 못했다.

"물론이지."

"오호, 그래요?"

유은령이 천천히 뉘였던 몸을 일으켰다.

잠깐이나마 꿀잠을 자려 했던 독상군을 비롯한 잠마원의 기재들이 눈을 번쩍 떴다. 유은령이 반드시 제거해야 할 상대는 다름 아닌 영호선을 사모하는 여자였다. 잠마원에서는 당연히 영호선을 사모하는 다른 여기재들은 눈을 씻고 봐도 찾을 수 없었지만 이제 눈앞에 그 존재가 나타나고 만 것이다.

아무리 봐도 상황이 좋지 않았다.

유은령이 발작을 일으켜 공격이라도 하게 되면 무위를 짐작할 수도 없는 빙화라는 어울리지 않는 이름을 가진 펑퍼짐한 중년 여고수도 가만히 있을 리 없었다.

상식과는 거리가 먼 영호선이고, 또 여인은 그런 영호선의 사저다. 그녀는 지금까지는 그나마 정상인처럼 보였지만 한 번 돌아버리면 어떻게 될지 모르는 것이다.

폭주한 김에 유은령을 죽이고 자신들까지 모조리 도륙당할 수도 있었다.

"사부님이나 나나 모두 사제를 좋아한단다."

"아니… 남.자.로서 말이에요."

유은령이 남자를 한 자씩 끊어 강조했다.

"호호호, 그거 굉장히 재밌는 농담이로구나. 영호선 같은 녀석이 내 눈에 찰 리 있겠니? 너, 날 무시하는 거니?"

순간 유은령이 한 떨기 꽃인 양 환하게 웃었다.

가슴을 졸이던 모두도 안도의 한숨을 내쉬었다. 하지만 한편으로는 중년 여고수도 어딘가 이상하다고 생각했다. 사실 영호선은 악귀처럼 미쳐 날뛰지만 않는다면 어디 내놔도 손색이 없을 만큼 준수한 용모였다.

그런데 주근깨투성이에 아무렇게나 뻗친 머리며, 가슴과 허리와 엉덩이 선이 일자이고, 통통하기까지 한 중년 여고수가 자신의 나이조차 잊은 듯 눈에 차지 않는다니.

'그럼 그렇지. 정상적일 리가 없지.'

'혹시 저 뛰어난 무공으로 강호의 절륜한 미남자들을 겁탈하고 다니는 건가?'

누가 누구를 좋아하고 취향이 어떻든 다행히 긴장은 해소되었다. 잠마원의 기재들은 각기 머릿속으로 추측을 늘어놓고는 다시 스르륵 눈을 감았다.

"저기… 영호선을 만났다고 하셨죠?"

유은령이 물었다. 조금은 쑥스러운 목소리였다.

"응."

"혹시 영호선이 제 이야기도 했어요?"

"아니."

"……"

"……"

"그이는 부끄러워서 아마 이야기를 안 한 걸 거예요."

"……"

"잠마원에 있을 때 그이가 한밤중에 절 불러내 적이 있었어요. 오늘처럼 별이 많은 밤이었어요. 그때 그이랑 나란히 앉았는데 한순간 주변이 알록달록 오색 색종이가 날리는 것 같은 순간이 찾아왔어요."

"……"

꿀꺽, 꿀꺽.

영호선이 침묵을 지켰고, 어디선가 연이어 침 삼키는 소리가 울렸다.

"저는 알 수 있었죠. 그이가 제게 무엇을 할지……. 기다렸던 순간이 찾아왔던 거예요."

"……."

"전 눈을 감았어요. 마치 꿈을 꾸는 것처럼 몽롱한 기분이었어요. 제 생애 그런 설렘은 이제껏 한 번도 없었죠. 그리고… 그이가……."

모두가 숨을 죽였다.

믿을 수 없는 말이었다.

영호선이 유은령과 그런 사이였다니. 겉으로는 유은령이 싫다며 '꺼져' 라는 말을 입에 달고 살던 영호선이 말이다.

특히 오조의 초이량은 지렁이 수백 마리가 기어 다니는 것처럼 온몸이 근질거리고 닭살이 돋아나 미칠 것만 같았다.

"그이가… 그이가……."

유은령의 목소리가 점점 몽롱해졌다.

영호선이 말을 끊었다.

"네 목에 이빨을 박았지."

"히익!"

"딸꾹!"

"흐음."

"컥!"

소묘희와 청당, 그리고 초이량과 독상군이 거의 동시에 각기 다른 탄성을 터뜨렸다.

유은령이 외쳤다.

"맞아요. 그 이야기까지 했을 줄이야. 영호선은 절 잊지 않고 있었던 거군요? 언제나 그이에게 제 피도 주고 싶었어요. 독상군만 빨아대서 전 얼마나 독상군이 부러웠는지 몰라요. 저도 나름 영약깨나 먹었거든요. 아, 그때의 기분이란 말로 형용하기 힘든 것이었어요. 그이와 내가 한 몸이 된 순간이었죠. 우린 피가 섞인 거예요. 혈연이란 것이 그런 것이겠죠?"

잠마원의 기재들은 몸을 부들부들 떨었다.

유은령의 논리대로라면 잠마원의 기재 대다수는 영호선과 가족이었다. 논리를 연장해 보자면 영호선은 가족을 때려죽이려는 작자가 되는 셈이었다.

어지간하면 유은령의 헌신적인 사랑에 동정의 눈길을 주고 싶었지만 저런 터무니없는 소리엔 눈곱만큼도 그녀를 지지하고 싶은 마음이 들지 않았다.

그건 영호선도 마찬가지였다.

"유은령… 이제 그만 자면 안 될까?"

"네, 언니. 잘 자요."

스르륵 눈을 감는 모습을 보며 영호선도 속으로 한숨을 내쉬었다.

나무 꼭대기에서 잠마가 고래고래 소리쳤다.

'그때 피를 빼는 게 실수였어! 내 실수였다고! 으아아악!'

모두들 조금이라도 더 수면을 취할 양으로 애써 잠을 청했다.

하지만 잠결에 끙끙 앓듯 '영호선… 영호선…' 이라고 신음하듯 내뱉는 유은령의 잠꼬대에 모두는 잠을 자는 것인지 아닌지 구분할 수 없을 정도가 되고 말았다.

두 번째 밤이 찾아왔을 때, 일행은 서협에 도착했다.

잠마원의 기재들은 지친 기색이 역력했지만 목적지인 유화장이 보이자 얼굴에 생기가 돌았다.

유화장은 서협의 외곽 송무산의 일부처럼 지어져 있었다. 수십 개의 전각이 화려하게 솟아 있고, 장원의 뒤쪽은 거대한 절벽이 병풍처럼 감싸 담벼락 역할을 하고 있었다.

어떤 이가 축조한 것인지 자연과의 절묘한 조화에 절로 감탄하지 않을 수 없었다.

그것도 잠시, 영호선은 이내 작별 인사를 건넸다.

그러자 모두의 얼굴에 아쉬움이 떠올랐다.

함께한 것은 며칠 되지 않았고, 정신없이 달려오느라 많은

이야기를 나눈 것도 아니었지만 그들은 오랜 친구를 떠나보
내는 기분이었다.

그것은 어쩌면 목숨을 구함받아서인지도, 그녀의 풍만한
몸에서 풍겨 나오는 여유와 따뜻함 때문인지도 몰랐다. 영호
선의 사저라는 사실이 유일하게 꺼림칙했을 뿐, 그 외 모든
부분에 있어 그녀는 여행의 좋은 동반자였다.

"이미 밤도 깊었는데 오늘 밤은 저희와 함께 묵고 가시는
것이 어떻습니까?"

청당이 말했다.

영호선이 푸근한 미소를 머금고 말했다.

"고맙구나. 난 네가 그 말을 하지 않으면 어쩌나 노심초사
했단다."

그 말에 모두 웃음을 터뜨렸다. 하지만 웃으면서도 그녀가
매우 농담을 좋아하기 때문에 이처럼 말했을 뿐이고, 함께 가
지 않을 것이라는 사실을 모두 알고 있었다.

아니나 다를까,

"다음에 인연이 된다면 또 보도록 하자꾸나."

영호선이 청당의 어깨를 두드리고, 차례로 소묘희와 독상
군, 초이량의 머리를 쓰다듬었다. 이어 유은령의 머리를 쓰다
듬으려는데 유은령이 와락 몸을 껴안았다.

영호선은 순간 당혹스러워 '어… 어…' 했다.

유은령의 그윽한 체취가 풍겼다. 비록 씻거나 몸을 가다듬을 여력이 없었음에도 그녀의 냄새는 묘하게 가슴을 울렁이게 했다.

"잘 가요, 언니."

영호선은 유은령이 철저히 자신을 빙화라고 생각한다는 것을 자각하고, 어색하게 벌린 두 팔을 내려 유은령을 껴안았다.

"그래, 너도 잘 가렴. 언제 또 만날 기회가 있을 거야."

유은령이 팔에 힘을 주고 꼬옥 껴안은 다음 몸을 뗐다. 어느새 눈에 물기가 어려 있었다. 영호선이 손을 뻗어 유은령의 눈물을 닦아주었다.

영호선이 모두를 한눈에 담고 말했다.

"너흰 아직 어리니 괜한 일에 휘말리지 말아야 한다. 안정을 찾거든 도움을 받아 잠마원으로 복귀하는 게 최우선이라는 것을 잊으면 안 돼."

"네."

모두 고개를 끄덕이는 것을 보고 영호선은 신형을 날렸다.

마치 한줄기 바람처럼 영호선이 그 자리에서 홀연히 사라졌다.

잠마원의 기재들은 방금까지 영호선이 서 있던 곳을 바라보며 한동안 멍하니 서 있었다.

아쉬움과 부러움이 교차했다.

정녕 그들로서는 십 년이 지나도 그러한 신법을 구사할 수 없을 것 같았다.

第五章
갇힌 자들

潛魔劍仙
잠마검선

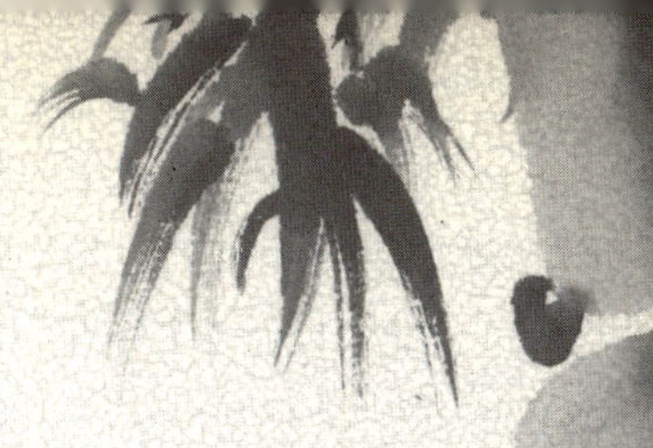

　잠마원의 기재들은 유화장의 입구에 서 있던 두 명의 무사와 몇 마디 이야기를 나누고 있었다. 그러다 곧바로 무사가 허리를 깊숙이 숙였고, 이내 청당 등이 안으로 들어갔다.

　영호선은 그 모습을 낱낱이 지켜보고 있었다.

　떠난 척했지만 마음이 놓이지 않아 다시 돌아온 것이었다.

　은신술로 몸을 감춘 영호선의 뒤에서 잠마가 오만상을 찡그렸다.

　'야야, 작작 좀 하고 이제 가자.'

　하지만 영호선은 꿈쩍도 하지 않았다.

잠마가 발로 땅을 굴렸다.

'그렇게 불안했으면 아예 같이 들어갔어야지, 이 병신아.'

'불안하니까 몰래 보는 거야, 멍청한 놈아.'

영호선이 마음속으로 타박하자, 잠마가 검을 뽑아 들고 마구 저어대며 광분했다.

'이 새끼가 누굴 보고 멍청이래. 오냐 오냐 했더니 아주 기어오르네. 야, 한판 뜨자, 이 새끼야.'

영호선은 신경 쓰지 않고 신형을 은밀히 날려 유화장으로 스며들었다. 잠마가 '정도껏 하란 말이다' 라고 떠들며 뒤쫓았다.

근래 주변에서 일어나는 일들은 기괴한 일들 투성이였다.

비록 유화장이 마도련의 비밀 분타이며, 분타주가 청당의 백부라도 해도 영호선은 확실하게 해두고 싶었다.

마도련이 미쳐 돌아간다면 유화장에서 엉뚱한 임무를 받고 피의 현장에 동원될지도 모르는 일이었다. 녀석들이 이 세상에서 사라져 버린다는 것은 생각만 해도 끔찍스러웠다.

'예전에는 살아 있는 영약을 지킨다는 이름 아래 독상군님을 보호하셨는데 정녕 장족의 발전이십니다.'

항마가 바로 옆에서 흐뭇하게 말했다.

영호선은 낯이 간지러웠다.

'너도 좀 닥쳐 주셨으면 고맙겠어.'

항마가 '흠흠' 하고 어색하게 목을 가다듬었다.

안쪽에서 접한 유화장은 겉으로 볼 때보다 훨씬 더 넓었다.

십여 개의 큰 전각과 중간 중간 아담한 전각들이 균형있게 자리했고, 큰 전각들마다에는 연무장이 마련되어 있었다.

밤이 깊어 왕래하는 이는 드물었지만 어둠 속에 웅크리고 있는 이들은 적지 않았다.

담벽 그림자 속에 은신한 자들은 약 십여 장 간격을 두고 매복한 상태였다. 겉으로 보기에는 수월하게 담을 넘을 수 있을 듯 보이나 경솔히 월담을 했다가는 몸뚱이가 두 동강 날 것이 틀림없었다.

하지만 영호선은 그보다 수배는 촘촘한 잠마원과 항마원도 들키지 않고 드나든 적이 있었기에 지금의 상황은 유유자적하다고 말할 수 있을 정도였다.

영호선은 중앙 전각 쪽으로 스르륵 미끄러지듯 신형을 움직였다.

잠마원의 기재들은 막 청의와 황의를 걸친 중년인과 대화를 나누고 있었다.

청의중년인이 호쾌하게 웃으며 말했다.

"정말 청당인 게냐! 몰라보게 자랐구나. 분타주님께서 기뻐하시겠구나."

"잘 지내셨죠?"

청당이 머리를 긁적이며 답했다.

그 옆에 있던 초이량 등이 한 사람 한 사람 이름과 문파를 말하며 자신을 소개했다. 청의중년인은 감탄사를 연발하며 반가움을 표시하더니 직접 안쪽으로 안내했다.

그들이 이동한 곳은 유화장의 제일 안쪽에 자리한 삼층 전각이었다. 유화각이라는 글귀가 처마 아래 수평으로 음각되어 있었다. 지키고 선 무사들이 예를 갖추자, 청의중년인이 가볍게 고개를 끄덕여 보이고 잠마원 기재들과 함께 문을 열고 들어갔다.

영호선은 즉시 전각의 지붕으로 이동해 안쪽의 대화에 귀를 기울였다. 반갑게 맞이하는 소리가 요란하게 울려 퍼졌다. 대화는 자연스러웠고 긴장이라고는 찾아볼 수 없었다.

'근심이 지나쳤나 보군.'

그래도 확인을 하고 나니 한결 마음이 놓였다.

여유가 생기자 영호선은 전각의 후원 쪽을 바라봤다.

바깥에서 보았을 때 본 병풍처럼 곧게 선 암벽이 한눈에 들어왔다. 암벽 앞쪽에 대나무 숲이 백여 평 정도 자리해 마치 대나무 그림이 들어간 천연 병풍의 모습을 띠고 있었다.

영호선은 다시금 지붕 아래의 대화에 귀를 기울이다 옅게 미소를 띠고는 한줄기 안개처럼 순식간에 두 개의 전각을 건너갔다.

잠시 멈춰 주변을 경계할 때, 잠마가 소리를 질렀다.

'형님이 아무 일 없다고 했냐, 안 했냐! 이 자식들아, 형님 말 들으면 자다가도 떡을 얻어먹는다는 걸 잊지 마. 알겠냐?'

'소인이 생각하기에 자다가 떡을 먹으면 체할 것 같습…….'

'닥쳐, 이 자식아.'

어쭙잖게 농담을 건네려던 항마의 입이 쏙 들어갔다.

영호선이 터져 나오는 웃음을 참느라 손으로 입을 틀어막았다. 잠마도 한쪽 입꼬리를 올리고 흐흐거렸다.

그때였다.

쉭!

검은 그림자가 벼락같이 들이닥쳤다.

그림자는 방금 전까지 영호선이 은신하고 있던 자리에 선 채로 주위를 면밀히 둘러보았다. 바로 뒤이어 또 하나의 그림자가 그 옆으로 다가왔다.

"무슨 일인가?"

"뭔가 아지랑이 같은 것이 출렁거렸거든."

"아지랑이라고? 허허, 자네, 너무 민감한 거 아냐?"

먼저 나타났던 검은 그림자가 고개를 갸우뚱하며 다시 자리로 돌아갔다. 뒤에 나타난 그림자는 혹시나 싶어 주위를 한 번 더 둘러본 후 그도 신형을 날렸다.

그들로부터 고작 삼 장여 처마 밑에 몸을 숨긴 영호선은 놀란 가슴을 쓸어내렸다.

잠마가 버럭 고함을 내질렀다.

'이 새끼들아, 긴장 좀 하자, 긴장 좀!'

항마가 숙연히 관음보살의 표정이 되었고, 영호선은 안도의 한숨을 길게 다시 내쉬었다.

들킨다고 해도 잡히지 않을 자신은 있었지만 그래도 만약 몸매라도 드러나는 날에는 잠마원 녀석들은 충분히 짐작할 수 있을 터였다. 작별까지 한 마당에 괜한 의심을 사는 건 바람직하지 않았다.

영호선은 잠마의 호통처럼 긴장을 풀지 않고 천천히 유화장의 서쪽 외곽으로 향했다.

막 유현전이라는 현판이 걸린 전각을 지날 때, 청의와 황의를 입은 중년인이 모퉁이를 돌아 나타났다. 청의중년인은 방금 전 청당 등을 반갑게 맞아 분타주에게 안내한 사람이었다.

신법을 펼친 것은 아니었음에도 걸음걸이가 매우 안정되어 있어 유화장에서 높은 직책에 있는 것 같았다.

'속히 유화장을 벗어나는 것이 좋겠습니다.'

항마가 말했다. 바로 잠마가 '오랜만에 마음에 드는 말을 하는구나' 라며 항마의 뒤통수를 갈겼다. 항마가 가볍게 손을 들어 막았다.

영호선도 동감이었다.

그때 청의중년인의 목소리가 들렸다.

"잠마원에서 아이들이 오다니 공교롭군."

영호선은 막 신형을 날리려다 바짝 웅크렸다.

공교롭다는 말이 왠지 마음에 걸렸다. 잠마도 고개를 갸우뚱거렸다.

"잠마현신 때문이겠지요."

황의중년인인의 말에 청의중년인이 고개를 끄덕였다.

"그렇겠지? 내 너무 민감해진 모양일세. 그나저나 잠깐 본 것에 불과하지만 청당은 몰라보게 컸더군."

"청 공자가 본 장원을 들른 것이 오 년 전이었죠?"

"그래, 그 정도 된 것 같군. 함께 온 아이들의 신분도 보통이 아니야."

"살문주의 손녀를 보게 될 줄은 몰랐습니다."

"유은령이라고 했던가?"

"네."

"허허, 살문에 어울리지 않게 곱게 자랐어. 하지만 꽃은 아름다울수록 치명적이기도 하지. 모르긴 해도 청당이 당해낼 수 없을 걸세."

시답잖은 소리가 이어지자 잠마가 참지 못하고 짜증을 냈다.

'뭐라고 떠드는 거야! 본론을 말하라고, 이 자식들아!'

영호선은 스르르 그들 뒤를 따르며 대화를 놓치지 않으려고 청력을 돋웠다.

청의중년인이 말했다.

"내일 아침 일찍 분타주님을 뵈어야겠군. 녀석들을 오래 붙들고 있어봐야 좋을 게 없으니까."

"잠마원 기재들도 내일 보낼 생각이십니까?"

"그래야지. 돌아가는 모양새가 엉망이라 호위를 단단히 붙여야 할 거네. 다른 때 같았으면 잠마원 소식도 여유있게 듣고 할 텐데 아쉽군."

"잠마원의 기재들에겐 알리지 않는 게 좋겠습니다."

"아마 분타주님께서도 그 이야긴 하지 않을 걸세. 항마원 아이들이 잡혀 있다는 것을 들으면 잠마원 기재들로선 괜히 우쭐할 수도 있으니까. 한참 자랄 때는 적을 가볍게 여기는 짓은 경계해야지."

영호선은 소스라치게 놀라고 말았다. 잠마와 항마도 너무 놀랐는지 앙숙이란 것도 잊은 채 서로의 얼굴을 마주 보며 동시에 외쳤다.

'항마원 놈들이 왜?'

'항마원이라니?'

그러다 눈을 마주친 것을 깨닫고는 서로 고개를 획하고 돌렸다.

황의중년인이 고개를 절레절레 저으며 말했다.

"혼천혈마대 녀석들, 그냥 확 죽여 버릴 것이지."

"하하, 그랬다면 우리야 편했겠지만 전체 마도련으로 볼 때는 귀한 인질을 잃는 것이 되지 않나."

"이미 마정대전이 시작된 것이나 다름없으니 요긴하긴 할 테지만 인질 따위로 겁박한다는 것이 마음에 들지 않습니다."

"교환용일세. 청당이나 다른 기재들이 붙들렸다면 그땐 황금보단 사람이 제격이지."

이윽고 두 사람이 다른 전각으로 들어갔기에 영호선은 움직임을 멈췄다.

'산 너머 산이고, 고해가 끝이 없도다.'

잠마가 부처님 흉내를 내며 말했다.

항마는 자기가 해야 할 말을 빼앗긴 듯 막 입을 열려다 가만히 닫아버렸다.

잠마로서도 이젠 어련히 영호선이 참견할 것이라고 생각하며 체념한 모양이었다.

그 생각대로였다. 영호선은 미간을 찡그리며 항마원의 기재들을 구출할 궁리를 하고 있었다.

*   *   *

사방은 막혀 있었다. 온통 어둠뿐이었다. 외부 빛이 완전히 차단된 데다 횃불조차 없었다. 내력을 운용할 수 없어 안력은 평범한 사람의 수준의 그것처럼 보잘것없어져 아무것도 볼 수가 없었다.

바닥은 볏짚이 깔려 있었지만 습기를 이기지 못하고 축축이 젖어 있었다. 유일하게 벽이 아닌 쇠창살로 이루어진 면을 통해 그나마 공기가 들어오고 있는 것이 다행이라면 다행이었다.

철그럭!

모용화가 손을 들어 머리를 매만지자, 양손에 채워진 쇠고랑이 부딪쳤다. 그녀는 가부좌를 틀고 있었는데 발목에도 쇠고랑이 채워져 있었다. 사슬의 길이는 겨우 가부좌를 틀 수 있을 정도였다.

쿵! 쿵! 쿵!

옆 벽면이 울리며 비명처럼 절규가 터져 나왔다.

"영호선! 널 반드시 찢어 죽이고 말겠다! 영호선! 영호선! 영호선!!"

모용화는 이를 악물었다.

목소리는 옆방에 갇힌 서중휘의 것이었다.

"그만해! 제발 그만두라고!"

이어 남궁추가 외치는 소리가 들렸다.

그녀는 여자라는 이유로 독방 신세였다.

용변을 위한 배려라면 배려였지만 결코 고맙다고 할 순 없
는 노릇이었다.

지금쯤 서중휘의 주먹은 피로 범벅이 되어 있을 것이리라.
그들 모두는 모종의 수법에 의해 내력을 끌어올리지 못하는
상태였다. 움직일 수는 있지만 운기를 하려고 하면 단전이 한
꺼번에 수백 개의 바늘이 찌르는 듯 고통스러웠다.

모용화는 아직도 믿을 수 없었다.

꿈인 것처럼, 그토록 자상한 웃음을 짓던 영호선이 항마칠
단을 도륙했다는 것은 그저 지독한 농담인 것이라 생각했다.

서중휘와 남궁추, 황보청우와 양빈이 불타는 분노 속에서
영호선을 찾아 죽이겠다고 했을 때 함께 따라 나선 것은 도리
어 그러한 사실을 믿을 수 없었기 때문이다.

그러나 만약 그것이 사실이라면 그녀는 누구보다도 앞장
서 영호선을 벨 생각이었다.

"흑흑흑… 빙빙을 살려내. 제발……."

옆방에서 이내 흐느끼는 소리가 들렸다. 서중휘의 슬픔이
전염병처럼 다가왔다.

모용화도 이내 눈물을 흘렸다. 더 이상 어찌해 볼 수 없는

무력감과 강호의 잔악함, 황빙빙의 웃는 모습이 범벅이 되어 가슴이 먹먹해졌다.

항마원을 빠져나올 때만 해도 당장 영호선을 볼 수 있을 것 같았다. 그랬다. 모든 것이 순조로웠다.

정보망은 남궁세가의 도움을 받았다.

남궁추는 본가에는 알리지 않고 허창에 있는 남궁가의 정보처를 통해 영호선의 행적을 알아냈다. 목적지는 섬서와 하남의 경계에 위치한 상남이었다.

이미 무림맹과 화산, 종남이 상남으로 향하고 있다고 했기에 끼어들 여지가 없을 수도 있었지만 거기까지 걱정하는 사람은 아무도 없었다. 죽이지 못한다면 죽는 모습이라도 봐야 했다.

그러나 일이 틀어진 것은 남양을 막 지날 때였다.

이상 징후를 느꼈을 때는 이미 포위된 상태였다. 약 오십여 명으로 구성된 혈의인들은 마치 귀신같았다.

그들과 백여 초를 겨루었을 때, 수장으로 보이는 자가 '흥, 무당과 남궁세가, 모용세가, 황보세가, 개방이로구나. 함께 다니는 것을 보니 항마원 아이들이겠군. 이제 됐다' 라고 중얼거렸다.

그 말이 떨어지기가 무섭게 그들 모두는 일거에 제압당했다. 그제야 모두는 혈의인들이 문파를 가려내기 위해 손속에 사정을 두었다는 것을 알 수 있었다. 굳이 고문이라는 수단을 쓰지 않고 손쉽게 정체를 밝혀낸 것이다.

강호의 무서움, 그리고 마도의 힘이 어느 정도인지 뼈저리게 느끼는 순간이었다.

그 뒤 정신을 차려보니 어둡고 축축한 감옥 안이었다.

모용화는 그들 혈의인들을 떠올리자, 자신도 모르게 몸을 부르르 떨었다. 그들은 한 명 한 명이 귀신처럼 느껴졌지만 그것이 두려운 것이 아니었다.

그들이 마도의 정예라는 것, 그들이 모습을 드러냈다는 것의 의미가 두려웠다. 그들이 휩쓸고 지나는 곳마다 생명이 소멸될 것만 같았다.

"정마대전이야……."

멍하게 중얼거릴 때, 풀썩 하는 소리가 들렸다.

"윽!"

짧은 신음성도 터져 나왔다.

"누구… 컥!"

쓰러지고 비명을 토해낸 사람은 총 세 사람이었다.

그동안 모용화는 감옥의 복도에 오가는 소리를 통해 세 사람이 지하 뇌옥을 지키고 있다는 것을 알고 있었다. 절망으로 깊이 침잠해 들어가던 마음에 환희가 솟구쳤다. 심장이 미친 듯이 펄떡거렸다.

시간 차도 거의없이 세 사람이 쓰러진 것으로 보아 구하러 온 이의 무공이 매우 고강하다는 것을 알 수 있었다. 옆방에서도 소리를 들어 동요한 것인지 철거덕거리며 쇠사슬 소리가 났다.

발자국 소리도 없이 불현듯 한 사람이 쇠창살 앞에 모습을 드러냈다.

빛 한 점 없는 칠흑 같은 어둠 속이었기에 그것을 보아서 안 것이 아니었다. 그저 좀 더 짙어진 음영과 느낌이 창살 너머에 사람이 있다는 것을 말해주고 있었다.

"모용화, 고생이 많았겠구나."

모용화는 화들짝 놀라 뒤로 한 걸음 물러섰다. 철커덕거리는 소리가 비명 대신 감방 안에 울려 퍼졌다.

잠이 덜 깬 듯한 여인의 음성에 그녀는 놀람과 기쁨이 교차했다. 자신도 여인의 몸이었지만 구하러 온 것이 중년 여인의 음성이라는 것이 뜻밖이어서 놀랐고, 그녀가 명확히 자신의 이름을 불렀다는 것에서는 기뻤다.

짙은 음영의 모습이 어쩐지 검을 치켜든 것 같았기에 모용화는 옆으로 비켜섰다. 순간 빛이 번쩍하며 자물쇠가 툭 하고 떨어졌다.

굳이 비켜설 필요도 없을 만큼 깔끔한 일격이었다.

짧은 순간 검과 쇠로 만들어진 자물쇠가 엇갈리면서 번쩍

하고 빛을 발할 때, 모용화는 나타난 여인의 얼굴을 볼 수 있었다. 하지만 그녀의 모습은 단연코 한 번도 본 적이 없는 얼굴이었다.

"누구시죠?"

"설명은 천천히 하도록 하마. 손을 내밀어라."

모용화가 팔을 벌려 쇠사슬을 팽팽해지도록 당겼다. 그래봐야 어깨 넓이만큼도 벌려지지 않았다.

여인이 검을 사슬의 안쪽으로 밀어 넣고 빙글 한 바퀴 돌리는가 싶더니 사슬은 물론이고 손목의 철갑까지 잘라냈다.

툭 소리와 함께 영원히 풀 수 없을 것만 같던 철갑이 바닥으로 떨어져 내렸다.

모용화는 그녀가 단지 당겨진 사슬을 자를 것이라고만 생각했지 설마 손목을 감싸고 있는 철갑까지 자를 줄은 몰랐기에 순간 멍해지고 말았다. 살과 맞닿아 있는 철갑을 일체의 상처도 내지 않고 단 일 검에, 그것도 어둠 속에서 잘라낸 것이다.

이어 여인이 발에 찬 쇠고랑도 같은 수법으로 해체시켰다.

모용화는 질끈 눈을 감았다.

손목의 철갑을 벗겨낼 때와는 달리 이번에는 그녀가 어떻게 할지 알고 있었기 때문에 혹시라도 발목이 절단날까 봐 두려웠다.

모르고서야 해골의 고인 물도 갈증을 푸는 생수가 되지만 알고 나면 목이 타들어가도 제정신으로는 마시지 못하는 것이 인간 아니던가.

"고맙습니다."

모용화는 감사의 말만으로는 부족하다고 스스로 생각했지만 지금으로서는 이것이 최선이었다.

"무사해서 다행이구나. 정말 다행이야."

여인의 음성에는 진심이 담겨 있었다.

모용화는 어쩐지 이 여인이 자신의 이름뿐 아니라 그 외에도 잘 알고 있는 것 같다고 생각했다. 하지만 아무리 생각해봐도 그녀의 얼굴을 본 기억이 떠오르지 않아 곤혹스러웠다. 스치듯 본 것이 다였지만 이만한 여고수라면 보고 잊어버릴 리가 없었다.

그러나 의문을 해소하기엔 아직은 좋은 장소도, 좋은 때도 아니었다. 일단은 그녀의 진심 어린 걱정이 가득 담긴, 다행스러워하는 목소리에 마음을 맡겨두고 싶었다. 그것은 그녀의 푸근한 인상처럼 마치 어머니가 곁에 있는 것처럼 다정하고 또 든든했다.

모용화의 감상이 맞았다.

실제로 영호선은 심장이 오그라드는 것처럼 초조한 마음

으로 감옥을 찾아다녔다.

항마원의 누구누구인지는 알 수 없었지만 누구인지는 중요한 것이 아니었다. 그저 아무 일 없기를, 고초를 겪지 않았기를 바라는 마음뿐이었다.

차분히 감옥을 찾아볼 여유는 없었다. 잠마의 호통 섞인 조언에 따라 유화장의 무사 한 명을 제압해 밖으로 나온 뒤 목에 검을 겨누고 감옥의 위치를 알아냈다. 무사는 혼혈을 짚어 풀숲에 드러나지 않게 눕혀 놓았다.

감옥은 천연 병풍이라고 감탄했던 그 아래쪽이었다. 대나무 숲이 조성된 그곳에 이르자 감옥이 어디에 있는지 대번에 알 수 있었다. 두 명의 무사가 마치 감옥은 이곳에 있다고 가르쳐 주듯 우뚝 서 있었던 것이다.

어둠 속에서 보아서일까, 아니면 감옥에서 고초를 겪어서일까, 모용화는 항마원 때의 모습과 달리 수척해 보였다. 그러나 두 눈만큼은 정체를 알 수 없는 독기가 서려 있었다. 그저 무공의 진전을 위해 노력하는 한 명의 소녀에서 그녀는 어느덧 강호인으로 거듭난 것 같았다.

그 모습에 영호선은 강호라는 세계에 염증이 일었다. 강호는 사람을 순식간에 어른스럽게 만들어 버리기도 하고, 꿈 대신 한과 독을 심어놓는 존재였다.

복잡한 생각 속에서도 영호선의 행동은 망설임이 없었다.

철갑을 잘라내고, 이어 옆방으로 향해 모용화에게 했던 것처럼 한 명 한 명 구속을 풀었다.

서중휘, 남궁추, 황보청우, 양빈.

면면을 보며 영호선은 가슴이 아렸다.

항마원이 아닌 이 먼 곳에 왜 이들이 있는 것일까?

답은 알고 있다. 이들은 자신을 죽이기 위해 온 것이다. 서중휘의 피로 범벅이 된 주먹 속에서는 황빙빙에 대한 안타까움과 자신에 대한 원망이 서려 있었다.

오해를 풀 수 있을까?

아니, 이건 오해가 아니다. 잘못된 선택들이 꼬리를 물고 이어지면서 결국 여러 사람의 생명이 사라지고 또 위협받았다. 가짜를 탓할 일이 아니었다.

'서둘러야 합니다.'

항마의 재촉에 영호선은 찰나간의 상심 속에서 빠져나왔다.

"산공독에 당한 것이냐?"

내력을 조금이라도 운용할 수 있다면 서중휘의 손이 터져 나갈 일이 없었다.

"독이 아닙니다."

남궁추가 대답했다.

"혈도를 제압해 억제시킨 모양이군."

영호선은 마운천봉공이 오성에 이르렀을 때, 다양한 혈도의 운용이치에 대해 터득한 바가 있었다. 형산에도 형산만의 독특한 수법이 많았지만 마운천봉공에 비할 바는 아니었다.

그중에는 혈도의 위치를 일시적으로 옮기는 것부터 역행하는 것, 혈도를 짚는 것만으로 근육을 수축시키거나 부풀릴 수도 있었고, 뼈까지 부러뜨릴 수 있었다.

그리고 세상 어떤 혈도술을 풀 수 있는 방법과 기운의 운용법 등이었다. 그것은 혈의 위치를 안다고 해결되는 일이 아니라 반드시 마운천봉공의 공력이 수반되어야 가능한 것들이었다.

영호선이 마운천봉공을 떠올리는 사이에도 서중휘와 남궁추 등은 말없이 기다렸다. 모용화와 나눈 대화를 듣고 지금은 여러 질문이 방해만 될 것이라고 생각했기 때문이다.

영호선은 머릿속을 정리하고 모두 자리에 앉게 한 후 한 명 한 명 차례대로 단전 주위를 봉쇄해 둔 혈도를 풀었다.

"운기해 보아라. 당장은 작은 통증과 함께 공력의 삼성 정도만 끌어낼 수 있을 것이다. 하지만 반 시진 정도만 지나면 온전히 공력을 되찾을 수 있을 테니 염려하지 않아도 된다."

"고맙습니다."

운기를 마치자 모두들 정확히 영호선의 눈을 응시하고 한 목소리로 말했다. 진기가 돌면서 항마원의 기재들은 안력도 회복해 영호선의 역용 상태인 중년 여인의 모습도 볼 수 있게 된 상태였다. 목소리에도 힘이 실렸다. 비록 일부지만 공력이 회복되자 자신감을 찾게 된 것이다.

"아직 고맙다고 하긴 이르다. 너희 모두 공력을 모두 회복한 상태라면 모를까, 이곳을 소동없이 빠져나갈 수 있을지 모르겠구나."

"공력을 회복한 다음에 나가는 게 좋지 않을까요?"

모용화가 말했다.

영호선이 고개를 저었다.

"그럴 시간이 없다. 내가 입구를 지키던 두 사람을 제압했고, 이미 이곳을 알아내기 위해 한 사람을 납치해 외부에 두고 왔다. 비록 혼혈을 짚어놓긴 했지만 그가 없어진 것을 알면 방비가 강화되고, 제일 먼저 이곳부터 점검할 테니까."

항마원의 기재들은 눈앞의 중년 여인이 높은 경지에 이른 고수라는 것을 보긴 했지만 그녀가 자신들 전부를 지키긴 힘들 수도 있다고 생각했다.

왜냐하면 그들은 이곳이 유화장이라는 마도련의 비밀 분타가 아니라 당연히 자신들을 사로잡은 귀신같은 혈의인들의 거처라고 생각했기 때문이다. 어쩌면 여인조차도 목숨을 부지하긴 힘들 것 같기도 했다.

그런 생각이 들자, 결연한 표정이 절로 떠올랐고 참지 못하고 불쑥 서중휘가 물었다.

"시간이 없지만 한 가지만 묻고 싶습니다."

"한 가지의 물음과 한 가지 답변만으로는 아무런 쓸모도 없다. 시간낭비하지 마라."

영호선은 고의적으로 냉랭하게 말했다.

"죽을 수도 있습니다. 은공의 이름만이라도 알려주십시오."

"죽지 않아!"

영호선이 고함쳤다.

안광이 불을 뿜듯 하고, 기세가 한순간 폭풍처럼 몰아쳐 항마원의 기재들은 놀라 몸을 떨었다.

"죽을 수 없다, 내가 지킬 테니까."

더 이상 이들이 죽게 둘 수 없었다. 죽음은 항마칠단으로도 과분할 정도였다.

영호선은 다른 이들과 달리 유독 떨고 있는 모용화의 손을 붙들었다.

모용화는 이내 손을 타고 따스한 기운이 온몸에 퍼지는 것을 느낄 수 있었다. 격정이 잦아들고, 마음이 평온했다. 영호선은 모용화가 더 이상 떨지 않자 몸을 일으켰다.

"가자. 내 뒤에 바짝 붙도록 해라."

복도를 따라 이십여 보를 걷자 사다리가 나타났다.

감옥은 대나무 숲 중앙 지하였다. 두 명의 무사가 지키고 선 곳 뒤로 땅을 덮는 철판이 감옥의 입구였던 것이다.

영호선이 먼저 사다리를 타고 올라가 머리 위 철판 덮개를 살짝 들어 올렸다.

달빛이 그사이로 새어 들어와 사다리 윗부분을 비췄다. 항마원의 기재들로서는 다시 볼 수 없을 줄 알았던 세상의 빛이었다. 희미한 달빛마저도 눈이 부셨다.

영호선은 주변에 생동하는 기운이 느껴지지 않자 덮개를 걷어내고 땅 위에 올라섰다. 차례로 항마원의 기재들도 땅을 밟았다.

"흡!"

남궁추가 일순 숨넘어가는 소리를 내려다 입을 틀어막았다.

바로 옆에 흑의인이 우뚝 서 있었기 때문이다.

영호선을 제외한 모두도 흠칫해서 움츠렸다. 하지만 이내 그들이 석상처럼 굳은 채로 꿈쩍도 하지 않은 것을 알아차리고 마혈이 제압된 것을 깨달았다. 흑의인들은 자신들이 어떻게 당한 것인지도 모르고 당한 듯 영락없이 굳건히 경계를 서는 모습이었다.

'뭔가 이상해.'

잠마가 코를 쿵쿵거리며 말했다.

항마의 표정도 심상치 않았다.

당연히 본체인 영호선도 이상을 느끼고 있었다.

그때였다.

쿵!

바로 옆에 있던 모용화가 쓰러졌다. 그것을 시작으로 네 명의 기재가 연달아 나뒹굴었다.

'독?

'독입니까?

잠마와 항마가 동시에 외쳤다.

영호선은 등줄기가 서늘해졌다.

황급히 모용화의 맥을 짚어보았다. 혈행이 막힘이 없고 진기 또한 순행하고 있었다.

감정의 흐름을 읽었는지 잠마가 '뭐야, 자는 거잖아' 라고 말했다.

독은 독이되 수면제의 일종인 것 같았다. 눈에 보이진 않지만 낯선 기운이 감도는 것을 느꼈는데 일대에 살포된 것이 틀림없었다.

'제가 왜 중독되지 않았을까요?

항마의 물음에 잠마가 클클거리며 웃었다.

'멍청아, 용암어를 그렇게 잡쉈는데 독 따위가 감히 침범

할 수 있을 것 같으냐!'

항마와 잠마가 곧 영호선이니 그야말로 자문자답이라고 할 수 있었다.

독을 살포한 자는 살인을 목적으로 한 것이 아니었다.

하지만 아직 단정할 순 없었다. 모두 재운 다음 느긋하게 배를 쑤셔대는 것이 적의 취미 활동일 수도 있으니까.

그러나 또 한편으로는 이해되지 않는 부분이 있었다. 독을 사용하는 것은 백이면 백 마도련 쪽 인물이라고 해야 한다. 그런데 이곳은 마도련의 분타가 아닌가. 게다가 감옥 안으로 들어갔다 나온 것은 많이 잡아도 일다경가량에 불과했다.

또다시 혼란 속으로 빠져들어 가는 느낌이었다. 항마칠단의 죽음을 목격했을 때의 당혹감이 머리를 가득 메웠다.

'멍청아, 그때완 달라. 자는 것뿐이잖아.'

잠마가 책망하듯 말했다.

그래, 아직 희망은 있다.

'항마원 기재들은 다시 뇌옥에 두는 것이 좋겠습니다.'

항마의 말에 영호선은 바로 실행에 옮겼다. 이곳은 마도련의 비밀 분타. 독을 쓴 것이 무림맹이든 마도련이든 차라리 감옥 안이 안전하다고 할 수 있었다. 눈에 띄도록 두는 것은 피해야 했다.

영호선은 뇌옥의 철 덮개를 젖히고 황보청우를 들어 뇌옥 안에 내려놓았다.

'고작 수면독 따위에 나자빠지다니. 안심할 수 없는 놈들이군. 진짜 어린놈들과는 상종하기 어렵다니까. 쯧쯧쯧.'

영호선이 부지런히 왕래하며 네 사람째 뇌옥 안에 눕히자, 잠마가 모용화의 뺨을 토닥대며 혀를 찼다.

그 옆에 항마는 '뇌옥에서 나가자마자 다시 뇌옥 신세로군요' 라고 중얼거리고 있었다.

영호선은 모용화를 끝으로 소리가 나지 않게 조심하며 철판 덮개를 덮었다. 따라 들어왔던 잠마와 항마까지 덮었지만 아무것도 아니라는 듯 잠마와 항마는 좌우에 모습을 드러냈다.

'제기럴, 복잡하군, 복잡해. 이젠 잠마원 녀석들이 위험해진 거잖아.'

잠마가 인상을 찡그리며 말했다.

산을 정복했다 싶어 안도하며 산봉우리에 오르니 구름에 가려진 더 큰 산봉우리가 턱하니 모습을 드러낸 것과 같았다.

하지만 이 등반은 피곤하다고 그만 내려갈 수 있는 그런 산이 아니었다. 구름에 가려진 산을 정복하고 그보다 더 높은 산이 나타나도 또 올라야만 하는, 과연 끝이 있을까 싶은 영원한 길과 같았다.

"후우……."

저도 모르게 한숨을 토해낸 영호선은 조심스럽게 대나무 숲 입구 쪽으로 이동했다.

눈에 보이지는 않지만 공기와는 다른 이질적인 기운이 바람의 흐름에 따라 움직이고 있었다.

후원 너머 삼층 전각이 여전히 같은 모습으로 서 있었지만 영호선은 어쩐지 전각마저도 잠들어 버린 느낌을 받았다.

독을 살포한 자들은 아직 모습을 드러낸 것 같지 않았다.

어쩌면 그들조차도 영향을 받을 수 있는 수면독일지도 모른다는 생각이 들었다. 아니, 반드시 그런 것이었으면 좋겠다고 소망하며 영호선은 조심스럽게 신형을 움직였다.

잠마원의 기재들이 머물고 있을 곳은 바로 눈앞의 삼층 전각이었다.

영호선은 전각의 그림자 속으로 스며들어 좌측 벽을 타고 나아갔다. 간간이 담벼락 밑으로 속절없이 쓰러져 있는 이들을 볼 수 있었다. 어둠 속에서 벽과 동화되어 은신하던 경비조들이었다.

잠마가 혀를 찼다.

'쯧쯧쯧… 들었나?'

'무슨 말씀이신지요?'

항마가 되물었다.

'저기 자빠져 있는 놈 말이야. 아주 제대로 숙면을 취하고

있잖아. 코까지 골면서 말이야.'

영호선은 짜증이 확 일었다. 잠마는 이 와중에도 시답지 않은 소리를 지껄이고 있는 것이다. 하지만 그 짜증은 잠마가 아닌 자신을 향한 것이었다. 자신의 내부에 그런 태평한 생각이 자리 잡고 있다는 뜻이었기 때문이다.

영호선은 전각의 정면으로 돌기 직전에 신형을 멈추고 주변의 다른 기운을 읽어나갔다.

사위는 극단적으로 고요했다. 한낱 미물들에게조차 독이 영향을 미친 것인지 새소리도, 곤충이 우는 소리조차 들리지 않았다.

스멀거리며 불안이 몸 안을 잠식해 들어갔다.

"화를 내는 사람은 두렵지 않다. 하지만 극도로 분노해야 마땅한 상황에서도 태연히 미소를 짓는 자는 반드시 경계해야 한다."

불쑥 어머니의 말씀이 가슴을 무겁게 내리눌렀다.

역시 보이는 것보다 더 무서운 것은 보이지 않는 것이다.

당장에라도 고요 속에서 수천 개의 암기가 쏟아져 올 것만 같았다.

영호선은 애써 불안을 몰아내고 시선을 멀리 두고 쭉 훑었다가 다시 가까운 곳을 살폈다. 달빛에 비친 구름이 천천히 움직이는 것만 볼 수 있을 뿐 여전히 어떤 소리도, 어떤 형체도, 어떤 기운도 느낄 수 없었다.

'지금으로선 달리 선택의 여지가 없습니다. 머뭇거릴수록 더 곤란한 지경에 빠질 뿐입니다.'

항마가 말을 마칠 무렵, 이미 영호선은 신형을 날려 전각의 문을 소리없이 열고 들어갔다.

잠마가 앞서 달리며 조소하듯 말했다.

'아주 소심한 놈들이란 것이겠지, 아니면 대책이 없는 놈들이든지. 지들이 독을 풀어놓고 해독약도 안 가지고 다닌다는 소리가 되는 것이니까.'

전각 안의 풍경은 예상은 했지만 실망스러웠다. 모두 한 호흡에 무너져 내린 듯 입구에서부터 널브러져 있었다.

한 시녀는 빈 찻잔을 들고 내가려다 쓰러진 듯 그녀 주위로 쟁반과 깨진 찻잔이 흩어져 있었다.

일층은 여섯 개의 기둥이 세워지고, 전후좌우 벽이 없이 하나의 공간으로 확 트여 있었다. 손님을 맞거나 대회의를 위해 쓰이는 용도로 보였다.

영호선은 즉시 이층으로 향했다.

막 이층 계단을 오르던 영호선의 얼굴이 밝아졌다.

계단 중간쯤에 독상군이 불편한 자세로 잠들어 있었다. 혹시 몰라 맥을 짚었지만 역시 기우에 불과했다. 독상군은 불편

함도 모른 채 깊은 숙면을 취하고 있을 따름이었다.

일단 전체 인원을 파악하고자 독상군을 지나쳐 계단을 올라갔다. 계단이 끝나는 부분에 소묘희와 초이량, 청당이 거의 붙어 있다시피 쓰러져 있는 것을 볼 수 있었다.

'이제 남은 건 한 사람인데……'

막 유은령을 떠올릴 때, 잠마가 벼락같이 외쳤다.

'피해!'

쐐액!

뒤통수를 향해 서슬 퍼런 검기가 느껴졌다.

영호선은 훌쩍 신형을 솟구쳤다.

한줄기 세찬 경력이 발아래를 지나 계단이 끝나는 벽을 뚫어버렸다. 영호선은 몸을 띄울 때는 적에게 등을 보이고 있었지만 검기가 지나칠 쯤에는 어느새 몸을 돌려 거의 본능적으로 장력을 날렸다.

적이 장력을 해소하고자 팔방풍우과 유사한 형태로 검을 찰나적으로 빠르게 회전시키며 연신 뒤로 물러났다.

하지만 예상했던 것보다 장력의 위력이 큰 탓에 적은 결국 기운을 다 해소시키지 못하고 가까스로 좌측으로 몸을 굴려 간신히 벗어나 한쪽 무릎을 꿇은 자세로 노려봤다.

그러나 바로 다음 순간 영호선과 적은 동시에 외쳤다.

"유은령!"

"언니!"

유은령이 눈을 동그랗게 뜨고 바로 말을 덧붙였다.

"언니인 줄 몰랐어요."

영호선은 이내 긴장이 풀려 안도의 한숨을 내쉬었다.

"휴우, 다치진 않았니?"

잠마가 시선은 유은령을 향하면서도 발로는 초이량의 머리를 톡톡 건드리며 '용케 잠들지 않았네' 라고 중얼거렸다.

유은령이 몸을 일으키며 말했다.

"네, 다칠 뻔은 했지만요."

하지만 그녀는 다가오지 않았고, 또 검도 검집에 넣지 않았다. 영호선은 그것이 여러 의문에 대한 답을 요구하고 있음을 알아차렸다.

솔직하게 속내를 털어놓았다.

"너희가 무사히 화유장에 머무는지 확인하려고 돌아왔었단다. 너흰 얼마 전까지 가짜 영호선에게 속았던지라 혹시 화유장에서도 그런 일이 있지 않을까 염려스러웠거든."

영호선은 이어 별문제가 없는 듯하여 돌아가려던 중 우연히 항마원의 기재들이 갇혀 있다는 소식을 듣게 되어 그들을 구해 빠져 나가려 했던 상황을 설명했다.

"항마원의 기재들이라고요?"

"그래, 후원 쪽 대나무 숲 지하 뇌옥 안에 갇혀 있더구나."

“왜 항마원 사람을 구하려… 아!”

유은령은 미간을 찌푸리며 이해할 수 없다는 듯 말했으나 곧 깨달은 듯 탄성을 터뜨렸다.

영호선이 잠마원에 이어 항마원에 몸을 담았다는 것과 그들 또한 영호선의 친구들이며, 그것은 영호선의 사저 된 입장에서 그냥 모른 척할 수 없었겠구나 싶었던 것이다.

유은령은 비로소 검을 집어넣고 다가왔다.

영호선이 물었다.

“내가 널 과소평가하고 있었구나. 내가 생각했던 것보다 훨씬 더 공력이 높은 것 같으니.”

“공력이 높아서 중독되지 않았다면 얼마나 좋겠어요. 실은……”

유은령은 목에 두른 은줄을 살짝 들어 보였다.

“피독주 목걸이에요. 잠마원에 오기 전 할아버지께서 선물해 주셨거든요. 십대극독이 아니라면 다 막을 수 있다고 했는데 톡톡히 덕을 보게 되었어요.”

의문은 바로 해소되었다.

다른 때 같았으면 한번 보자고도 할 수 있었을 테지만 피독주에 대한 감탄을 늘어놓을 시간이 없었다. 마도련 분타를 공격했다면 그것이 무림맹이든 아니면 다른 누구이든 결코 마도련에 호의적인 인물일 리는 만무했다.

어쩌면 무림맹 쪽에서 독공의 고수에게 따로 도움을 요청했을지도 모른다. 극독이 아닌 수면독을 사용한 것도 그런 이유일 것 같았다. 그 어느 쪽이든 마도련 분타와 연결되어 있는 잠마원의 기재들에게는 반가운 손님일 수가 없었다.

모두를 도울 순 없어도 최소한 잠마원의 기재들만이라도 빼돌려야 했다.

"네가 있어서 훨씬 수월하겠구나. 우선 네 친구들을 밖으로 옮겨야겠다. 두 사람을 들 수 있겠니?"

"네, 충분해요."

유은령도 상황이 급박하다는 것을 알았기에 가타부타 여러 말을 묻지 않았다.

"초이량과 소묘희를 부탁하마."

영호선은 청당과 독상군을 각각 좌우 옆구리에 끼고 일층으로 내려갔다.

흘깃 뒤돌아보니 유은령이 전혀 힘든 기색 없이 두 사람을 들고 계단을 내려오고 있었다.

[지금부터는 전음을 사용하는 것이 좋겠다.]

[네.]

[전각을 나서면 좌측 방향으로 가도록 하자. 바짝 붙도록 해. 알겠지?]

바람의 방향은 우측에서 좌측으로 불고 있었다.

[염려 마세요.]

잠마원 내에서 서열 일위를 다투는 유은령이다. 영호선은 그나마 독상군이 피독주를 걸고 있지 않은 것이 다행이다 싶었다. 그 생각의 고리를 타고 잠마가 툴툴거렸다.

'영약을 밥처럼 먹은 약왕문의 대공자 꼬라지 보라지.'

항마가 곧바로 '피를 너무 많이 빨려서일지도요…' 라고 중얼거렸다.

영호선은 고개를 가로젓고 전음을 날렸다.

[준비됐지?]

유은령이 머리를 끄덕였다.

진지한 눈빛이었다. 잠마원에서는 단 한 번도 본 적이 없는 정상인의 것이었다.

'눈빛이 아주 비장한데? 뭔가 기묘한 매력이 풍기는걸.'

잠마의 말에 영호선이 입술을 깨물며 노려봤다.

순간 유은령이 영호선의 시선에 깜짝 놀라 옆을 바라봤다.

[언니, 누가 있어요?]

[아, 아니… 생각 좀 하느라고.]

[휴, 놀랐잖아요. 꼭 누가 있는 것처럼 노려보셔서…….]

[미안, 미안. 내 나쁜 버릇 중 하나야. 가자.]

[네.]

문을 열고 바깥을 잠시 살폈다.

아직 공기는 평소와 달리 무겁게 내려앉아 있었다. 별다른 기척도 없었다. 영호선은 바로 좌측을 향해 신형을 날렸다. 스스슥 하는 소리로 유은령의 움직임을 파악하며 이십여 장을 나아가 곧바로 담을 뛰어넘었다.

유은령이 바로 뒤이어 착지한 것을 확인하고 속도를 올렸다. 일순 유은령의 기척이 멀어지는 듯하였기에 영호선은 다시 속도를 조절해 유은령의 최고 속도에 맞췄다.

'독이 퍼져 나가는 쪽으로 달릴 수밖에 없는 것이 아쉽구나.'

잠마가 영호선의 좌측에서 내달리며 말했다. 중독에서 풀려날 가능성이 멀어지기에 하는 소리였다.

'혹시 유은령님의 피독주로 해독할 수 있지 않을까요?'

항마가 의견을 냈다.

'무슨 개소리야. 피독주는 말 그대로 독을 막아주는 거지 해독 작용은 없어.'

'십대극독을 제외한 모든 독을 막을 정도라면 한번 물어보는 것도 괜찮다 싶습니다.'

영호선도 혹시나 하는 생각이 들어 바로 유은령에게 전음으로 물었다.

그러나 대답이 돌아오지 않았다.

이때 유은령은 내력을 있는 힘껏 끌어 경공을 펼치고 있는 탓에 입을 열 수도, 전음을 발할 여력이 없었던 것이다. 그 사실을 깨닫고 영호선도 더 이상 묻지 않았다. 굳이 당장 알아야 할 것도 아니란 생각도 들었지만, 바로 혀를 차는 잠마의 말 때문이었다.

'쯧쯧쯧… 멍청한 놈들! 하여튼 머리는 어깨 위에 없으면 병신이란 소리를 들을까 봐 겨우 달고 있다니까. 그런 작용이 있었다면 유은령이 왜 진작 손을 쓰지 않았겠냐!'

확실히 여러 가지 잔머리나 생존에 관해서는 잠마가 우위에 있었다. 그래도 영호선은 두 놈 다 어차피 '나' 니까 라는 생각으로 위안을 삼았지만 항마는 안색이 무거워진 것이 패배를 시인하는 꼴이었다.

영호선과 유은령은 거의 반 시진을 달렸다.

서협을 넘어 작은 촌락을 지나 무너져 가는 토지묘에 이르렀을 때가 되어 두 사람은 발걸음을 멈췄다.

영호선은 흐트러진 기색이 전혀 없는 것에 반해 유은령은 물속에 들어갔다가 방금 나온 사람처럼 땀으로 흠뻑 젖어 있었고, 거칠게 숨을 몰아쉬었다.

초이랑 등은 여전히 곤하게 잠들어 있을 따름이었다.

토지묘 안으로 들어가 수면 상태인 네 사람을 나란히 눕혀 놓았다. 열 사람 정도는 누워 잘 수 있는 공간이었다.

호흡을 가다듬던 유은령이 한쪽 구석으로 가 바로 가부좌를 틀고 운기행공에 들었다.

영호선은 유은령의 등 뒤에 앉았다.

"동생, 내가 도와줄게."

유은령은 고개를 끄덕일 새도 없이 어느새 등에 손이 닿는 느낌과 함께 청량한 기운이 노도처럼 밀어닥치는 것을 느끼며 놀라움을 금치 못했다.

자신은 몸이 물먹은 솜처럼 축 처져 진기가 바닥을 드러냈건만 영호선의 사저라는 분의 내력은 마치 바다를 품은 듯 여전히 용솟음치고 있는 것이다.

원래 진기도인의 경우 시전자의 내력이 받는 자의 세 배는 족히 넘어야 가능한 것이었다.

비록 유은령의 내력이 일시적으로 고갈되었다고 해도 원신을 지키는 내력이 적지 않아 자칫 위험할 수도 있는 상황이었지만 지금 밀려드는 공력은 그 어떤 부작용도 일축시킬 만큼 거대했다.

청량한 기운이 세 번의 대주천을 이루었을 때, 영호선은 손을 거두었다.

유은령은 일각도 안 되는 시간에 내력이 본래대로 회복되어 자신감에 찬 얼굴로 돌아왔다. 그녀가 몸을 돌려 영호선을 바라보며 말했다.

"언니, 고마워요."

"신경 쓸 거 없어. 아까 내가 물어본 것 있지?"

"아, 피독주 말이죠?"

"응. 어때, 가능하니?"

유은령이 바로 미안한 얼굴이 되었다.

"죄송해요."

영호선은 희망을 품지 않고 있었기에 실망하진 않았다. 그저 확인에 불과했다.

옆에서 잠마가 한쪽 입꼬리를 올리며 '망할 새끼, 사람 말을 안 믿는군' 이라고 나직이 지껄였다.

"네가 미안할 일은 아니지."

"이제 어떻게 하죠?"

"그 이야기를 할 참이었어. 난 다시 화유장으로 돌아갈 생각이야."

영호선이 서둘러 유은령의 운기를 도와준 이유도 실은 화유장으로 돌아가기 위함이었다.

유은령이 영호선의 손을 잡았다.

"안 돼요. 거긴 위험해요."

"그래, 위험하지. 그래서 더욱 가야만 해."

"영호선의 친구들 때문인가요?"

영호선이 물끄러미 바라보며 속으로 대답했다.

'그래, 맞아.'

"다시 돌아오실 건가요?"

"그럴 생각이다만… 만약 내가 돌아오기 전에 네 친구들이 깨어나면 곧바로 떠나도록 해. 절대 기다리거나 해선 안 돼. 알겠지?"

"…네."

유은령은 땀에 젖어 흘러내린 한 조각 머리카락이 이마를 타고 콧잔등까지 내려와 있었다. 영호선은 머리카락을 쓸어 올려주고 몸을 일으켰다.

"나중에 잠마원에서 보도록 하자."

유은령의 눈이 촉촉해졌다.

유은령이 무슨 말인가를 꺼내듯 입을 달싹거렸다.

그때 살짝 미풍이 일었다.

더 이상 눈앞엔 아무도 없었다.

유은령은 뭔가 소중한 것이 떠나가는 느낌에 가슴이 허전하기 이를 데 없었다.

第六章
실체와 그림자

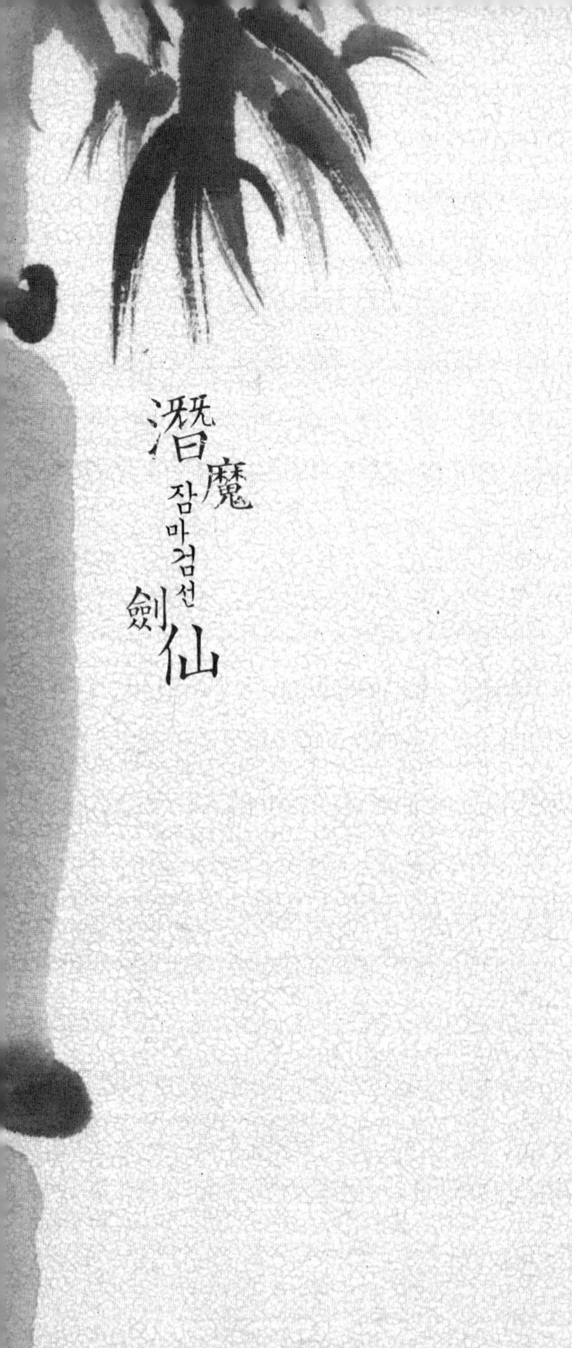

潛魔劍仙
잠마검선

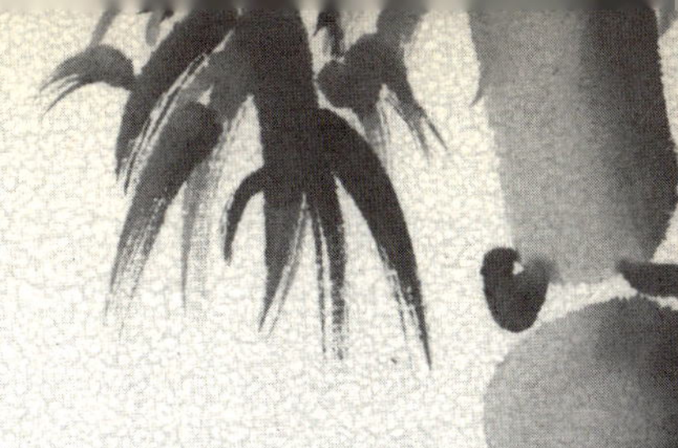

　영호선이 다시 화유장으로 돌아가기까지 걸린 시간은 일 식경가량이었다. 홀몸인데다 유은령의 속도에 맞출 필요가 없었기 때문이다.

　그러나 영호선은 곧바로 들어가지 않고 화유장이 내려다보이는 동쪽 언덕에서 변화를 살폈다. 화유장으로부터 바람이 불어오는 방향이었다. 화유장은 여전히 고요함에 잠겨 있었다.

　'기이한 일이로군요.'

　'흠, 이것 참… 알다가도 모를 일이네.'

항마가 턱을 매만지고, 잠마가 고개를 저었다.

혈향도 없고, 또 다른 독향도 맡을 수 없었다. 아니 땐 굴뚝에 연기가 나랴는 말을 비웃기라도 하려는 것 같았다. 원인도 없이 연기만 나는 꼴이라니.

'도대체 무슨 수작을 부리려는 것이냐.'

'혹시⋯ 잠 귀신의 소행일까요?'

항마가 말했다. 그러나 즉시 후회하는 마음이 들었는지 목을 움츠렸다. 이미 늦었다. 영호선과 잠마가 동시에 잡아먹을 듯 노려본 것이다.

'죄, 죄송합니다.'

항마도 맛이 가고 있는 것이 틀림없었다.

영호선은 다시 침묵 속에 빠진 화유장으로 시선을 던졌다.

시장통에 수많은 장사꾼과 손님들이 왕래하는데 숨소리조차 들리지 않고 고요하다면 어떤 기분이 들까? 영호선의 지금 기분이 그러했다. 호객 행위도 없고, 값을 묻지도, 깎지도 않는 이상한 시장통. 그곳이 바로 눈앞에 있었다.

수면독으로 모두들 잠재웠음에도 만족하는 이도, 약탈하는 자도 없었다.

그래, 될 대로 되라지.

영호선은 신형을 날려 화유장의 담을 넘었다.

기분은 더럽지만 머리로 의문만 떠올릴 수는 없었다. 누구인지, 어떤 목적인지도 모르지만 이것이 그들이 계획했던 것들의 작은 틈이라면 기꺼이 들어가 주는 것이 예의가 아니겠는가.

물론 거창한 짓, 즉 유화장 사람들을 모조리 구해내는 일 따위는 할 마음이 없었다. 그저 항마원 기재들을 빼돌린 후 도대체 뭘 어쩌자는 것인지 관찰할 셈이었다.

항마원의 기재들은 당연히 유은령이 머물고 있는 토지묘와는 다른 곳이어야 한다. 잠마원과 항마원의 기재들을 한자리에 두는 것은 불과 기름을 함께 둔 뒤 불이 날 걱정일랑 전혀 없다고 말하는 것과 같으니 말이다.

담을 넘어 벽 그림자에 몸을 맡긴 채 후원으로 신형을 날렸다. 중간 중간 여전히 쓰러진 채인 화유장의 무사들은 쌕쌕거리며 잘도 자고 있었다. 만약 깨어날 때까지 아무도 나타나는 사람이 없다면 그들로서는 오랜만에 숙면을 취한 셈이 될 터였다.

후원을 가로질러 대나무 숲으로 뛰어들었다. 선 채로 혈도가 제압당하고, 선 채로 잠든 두 명의 무사는 여전히 그 자리에 있었다.

별다른 인기척은 없었지만 영호선은 그래도 철판 덮개를 조심스럽게 열었다. 사다리를 무시하고 바로 뛰어내렸다.

그 순간 척추를 타고 한줄기 냉기를 스윽 기어올라 왔다.

‘없어졌어!’

‘도대체 이게 어떻게 된 일이죠?’

잠마와 항마의 눈이 더 이상 커질 수 없을 만큼 휘둥그레졌다.

‘깨어났단 말이냐?’

잠마의 말에 항마가 고개를 저었다.

‘항마원의 기재들이 깨어났다면 화유장의 무사들이 여전히 곤히 잠들어 있을 리 만무하지 않습니까?’

‘멍청아, 바깥은 아직까지 수면독이 남아 있어. 그야말로 깨어나려고 하면 꾸준히 뒤통수를 강타당해 계속 뻗어 있는 식이라고. 하지만 여기라면 첫 중독만 해소되면 되는 거잖아.’

잠마의 어투는 짜증을 가득 담고 있어 듣는 귀가 괴로웠지만 의미만큼은 들어줄 만했다.

‘하지만……’

영호선은 내심 고개를 저었다.

잠마가 뒷말을 이었다.

‘그래, 씨팔! 시간이 너무 짧다고. 도대체 이 새끼들은 어떻게 된 거야!’

피곤에 절어 깜박 잠이 들었다 깨도 한두 시진 정도는 그냥 휙 하고 지나가게 마련이다. 자연스러운 수면이 그럴 정도인데 잠을 재우기 위한 수면독이 고작 이 정도의 위력밖에 없을 리 없었다.

'정말 귀신이 곡할 노릇이군. 퉤!'

잠마가 더러운 기분을 뱉어내듯 침을 뱉었다.

항마가 턱을 만지며 심각하게 중얼거렸다.

'소인이 이야기한 대로입니다. 이는 필시 잠 귀신의 소행입니다.'

"닥쳐!"

영호선과 잠마가 동시에 외쳤다. 항마가 주저앉아 두 팔로 머리를 감쌌다. 영호선은 점점 멍청이가 되어가는 항마를 위로할 생각은 없었다.

누군가 그들을 데리고 갔다.

제발, 그들이 무림맹 사람들이길…….

영호선은 뇌옥을 빠져나와 대나무 숲을 벗어났다.

영호선은 검을 빼 들었다. 시선은 삼층 전각의 지붕 위를 향했다. 거기엔 그동안의 의문에 대한 답이 홀연히 서 있었다.

'이제야 나타나셨군.'

잠마도 휘파람을 불고 입꼬리를 올리며 말했다.

'오호, 혼자인 거냐!'

항마도 지붕 위의 장식물인 양 서 있는 검은 그림자를 초연한 눈으로 바라보았다.

달빛을 등진 인영의 얼굴을 확인하기 위해 영호선은 안력을 돋웠다.

순간 마치 바로 코앞에 서 있는 것처럼 상대를 볼 수 있었다. 그는 남자였고, 노인이었다. 하지만 피부는 여자의 것인 양 고왔다. 만약 귀밑머리가 희끗하지 않고, 사내의 두 눈동자가 무수한 삶의 질곡을 넘나든 질척거리는 비 오는 밤의 빛과 같지 않았다면 또래라도 착각했을지도 몰랐다.

"잠이 안 오던가?"

노인이 말했다.

노인의 목소리는 늙수그레하긴 했지만 그럼에도 봄바람이 살랑거리는 것처럼 듣기에 좋았다.

"운이 좋았나 봅니다. 낮에 녹차를 꽤나 많이 마셨거든요."

"후후, 녹차에 천년산삼이라도 갈아 넣었던가?"

"그럴지도요. 항마원 아이들은 노인의 작품입니까?"

"잠마원 아이들은 죽였나?"

노인은 질문이라곤 듣지 못한 듯 자신의 궁금증만 물었다.

"그럴 리가요."

영호선은 머리가 복잡했다.

뜻밖에도 상대는 마도련 인물 같았다. 화유장에 수면독을 쓴 것도 비밀 분타를 향한 모종의 배려일지도 모른다는 생각이 들었다.

"자네는……."

영호선이 말을 잘랐다.

"빙화입니다."

"빙화, 그대는 마도련에 속한 자인가?"

"어디에도 속하지 않았다고만 말씀드리죠, 노인장!"

"허허허허, 그렇게 이름을 밝히라고 다그치지 않아도 되네. 내 말을 하려던 참이었거든."

노인은 노래하듯 말했다.

안력을 돋운 채로 면밀히 살피고 있던 영호선의 눈에 비친 노인은 대화를 나누는 것이 매우 즐겁다는 표정이었다.

"노부는 독선이라고 하네. 사실 그다지 좋아하는 칭호는 아니지만 강호는 가끔 제멋대로인 구석이 있어서 내가 말릴 틈이 없었지."

'독선?'

영호선은 맥이 탁 풀렸다.

잠마와 항마도 노려보던 눈길을 거두었다.

그는 마도련의 인물이 아닌, 정도의 천하삼선 중 한 명이었다. 괴선, 요선과 함께 명성이 자자한 독선.

하지만 독선에 대해서는 강호에 널리 알려진 이야기가 많지 않았다. 단지 정도인이면서도 독공만큼은 마도련의 그 누구보다도 뒤지지 않다는 점이었다. 그럼에도 그와 관련된 소문은 거의 없다시피 했다. 혹자는 그 스스로 독을 쓴다는 것에 대한 자격지심을 갖고 있는 것이 아니냐고 했고, 또 다른 이들은 독을 연구하다 마음이 음습해졌다고도 했다.

어쨌든 의문점만은 한순간에 풀렸다.

유화장에 살포된 독이 왜 극독이 아닌 수면독이었는지, 항마원 기재들의 행방이 갑자기 묘연해진 것인지.

"항마원 아이들은 독선께서 구하셨습니까?"

영호선은 한결 가벼워진 마음으로 검을 거두고 물었다.

"누군가 이미 구해놓은 걸 잠시 안으로 옮겼을 뿐이라네. 어쩐지 노부는 지금 그 사람과 이야기를 나누고 있는 것 같군."

그 말에 영호선은 웃지 않을 수 없었다. 하지만 역용을 한 탓에 경박스럽게 웃지 않으려 애를 썼다.

"빙화 여협은 잠마원의 아이들을 어떻게 했는지 궁금해하는 늙은이의 호기심을 풀어줄 수 있겠는가?"

"혹시 모를 위협에 대비해 잠마원 아이들은 안전한 곳으로 옮겼습니다."

"오호, 난세에 보기 드문 의인이로군. 항마원과 잠마원의 기재들을 공히 소중히 여기다니 쉬운 일이 아니야. 이 노부는 진정 감탄했네."

"본녀를 부끄럽게 하시려는 것 같군요."

"아닐세, 아니야. 난 그대와 같은 자를 언젠가는 만날 수 있을 것이라고 생각하고 있었지. 내 바람이 결코 헛되지 않아 다행일세."

영호선은 정적에 휩싸인 시간 동안 어쩌면 독선이 자신을 관찰하고 있었겠다 싶었다. 그렇지 않다면 방금 건넨 말은 비릿한 조소가 되었을 테지만 그는 진심으로 신뢰와 찬사를 보내고 있었다.

절로 풍겨 나오는 여유로움 속에 이제껏 만난 누구보다 공정한 시선을 읽을 수 있었다.

영호선은 비로소 제대로 된 사람을 만난 기분이었다.

편협함이 없는, 정과 마를 따로 구분하지 않고 바라볼 수 있는 그런 사람.

딱 한 사람, 정과 마를 구분하지 않는 사람이 있긴 했다.

미친 사부!

하지만 사부는 그저 관심이 없는 것이다.

죽든 살든, 그러거나 말거나였다.

그걸 인세를 초월했다고 해야 할지 참 속편하게 산다고 해야 할지 모르겠지만 말이다.

"하고 싶은 이야기가 많다네. 그 후 뜻을 같이할 수 있다면

노부로서는 더 바랄 것이 없겠다는 생각이야. 전각 안으로 들
어오지 않겠나?"

"그리하겠습니다."

영호선은 예를 갖춘 후 걸음을 옮겼다.

항마원 기재들은 전각의 일층에 있었다.

서중휘, 모용화, 남궁추, 황보청우, 양빈!

그들은 일층 중앙에 나란히 가부좌를 틀고 운기행공에 여
념이 없었다.

영호선은 한 사람 한 사람 빠진 사람이 없는지 판화를 찍어
내듯 눈에 담았다.

독선이 좌측에 놓인 긴 탁자 쪽으로 걸어가 의자를 빼고 앉
았다. 열 개의 의자가 마련되어 있었다. 독선은 영호선의 눈
을 마주치고 맞은편 자리를 손으로 가리켰다.

영호선은 독선의 의도가 항마원 기재들의 운기행공을 방
해하고 싶지 않다는 것임을 알 수 있었다. 가만히 의자를 빼
고 앉아 침묵을 지켰다.

전음으로도 충분히 의사를 전달할 수 있을 테지만 독선은
그저 무심한 시선을 유지했다. 아마도 항마원의 기재들과도
이야기를 나누고 싶은 모양이었다.

조금은 따분하고 어색한 시간이 이어졌다.

참지 못하고 잠마가 이기죽거렸다.

'뭐야? 둘이 맞선 보냐? 근데 마음에 들지 않아? 그럼 관둬. 뭘 꾸물거리는데?'

실제로는 남자 대 남자였지만 겉으로 보기엔 중년 여인과 노인 같지 않은 노인이 마주 앉아 있는 것이다.

항마가 고개를 저었다.

'소인이 볼 때 신랑감으로는 꽤 괜찮아 보입니다.'

즉시 영호선이 항마를 노려봤다.

항마는 영호선의 우측에 앉아 있었기에 영호선의 고개가 오른쪽으로 획 돌아갔다.

영문을 모르는 사람들이 언제나 그렇듯 독선도 영호선의 시선을 따라갔다. 하지만 그 시선이 닿는 곳은 항마원의 기재들 쪽이긴 해도 명확히는 아무도 없는 텅 빈 공간이었다.

실태를 깨닫고 영호선이 흠흠 하며 조그맣게 헛기침을 했다.

마치 그것이 신호라도 된 듯 항마원 기재들이 하나둘 몸을 일으켰다.

"다들 이쪽으로 와 앉거라."

독선이 말했다.

서중휘 등이 다가와 독선을 향해 예를 취했다.

막 그들의 입이 열리려 할 때 독선이 손을 저었다.

"내겐 됐다. 하루 종일 감사하다는 말만 할 참이더냐!"

말투에 완고함이 더해져서인지 잠시 당혹스러워하면서도 이내 항마원의 기재들은 영호선 쪽을 향해 머리를 숙였다.

"여협께 감사드립니다. 은혜는 평생 잊지 않겠습니다."

대표로 서중휘가 말했다.

영호선은 빙그레 미소를 지었다.

자신을 죽이겠노라며 감방의 벽을 후려친 서중휘가 은혜를 거론하니 기분이 묘했다. 당장에라도 역용을 풀고 본모습을 드러내면 어떤 표정일지 궁금했지만 아직은 때가 아니라며 마음을 다독였다.

"마음에 담아둘 필요 없어. 다들 앉으렴."

서중휘 등이 자리에 앉자, 독선은 영호선을 향해 몇 가지 질문을 던졌다.

사문이며 잠마원과 항마원의 기재들을 공히 구하게 된 것에 대한 것이었다.

"항마칠단의 아이들과 만났었죠."

영호선은 종남파를 만났을 때 당시 꾸며낸 이야기들에서 조금은 더하고 또 어떤 것은 빼야 했다. 당연히 잠마원 기재들에게 했던 말과는 달랐다.

설산의 담석청 등과 길에서 우연히 만난 뒤 보운장을 찾았을 때 그들이 이미 영호선에게 당한 것을 알고 영호선을 죽이기 위해 길을 떠났다.

우연히 종남의 태을검수들을 만나 합류하여 영호선을 대면하긴 했으나 그 영호선은 진짜가 아닌 가짜였고, 당시 가짜에 홀려 휘말린 잠마원의 기재들을 구하기 위해 종남과 화산에 맞설 수밖에 없었다는 설명을 이어갔다.

독선은 진중히 고개를 끄덕였고, 항마원의 기재들은 모두들 놀라는 눈치가 역력했다.

서중휘 등으로서는 이 여협이 왜 잠마원의 기재들을 구하려고 목숨을 걸었는지 정녕 모르겠다는 표정이었다.

영호선이 막 그에 대해 해명하려 했으나 그보다 독선이 더 빨랐다.

"역지사지다. 너희는 잠마원의 아이들이 마땅히 죽어야 한다고 생각들을 하고 있는 것이냐?"

모두의 얼굴에 부끄러움이 떠올랐다.

저마다 반대의 상황을 떠올려 보는 것도 같았다.

독선은 기재들에게서 시선을 거두고 영호선을 바라봤다.

"빙화, 그대는 항마질단을 해한 것이 영호선이 아니라고 생각하는가?"

영호선은 고개를 끄덕였다.

"네, 제 소견으로는… 종남파로부터 듣기에 영호선은 모종의 이유로 잠마원에 입부하였다가 다시 항마원으로 들어가게 되었지만 그 아이는 그저 이용당하고 있다는 생각입니다."

"근거는?"

"만약 영호선이 항마칠단을 죽이고자 했다면 굳이 보운장이 아니라도 도중에 은밀히 해칠 수 있는 기회가 얼마든지 있었을 것이기 때문이죠. 그 아이가 마도련의 간자로 항마원에 스며든 것이라면 보운장에서 항마칠단을 칠 게 아니라 항마원에서 더욱 영향력있는 인물을 제거하거나 더 훗날 중요 요직의 암살을 시도하는 것이 옳지 않을까요?"

영호선은 독선의 눈을 똑바로 응시했다.

독선은 눈을 피하지 않고 담담히 마주 보았다.

그 속에서 영호선은 문득 독선이 웃고 있는 것 같은 느낌을 받았다. 하지만 그것은 찰나에 불과해, 어느새 독선의 얼굴에선 더 이상 일말의 웃음기조차 찾을 수 없었다.

"폭혈공으로 돌아가서 영호선… 음… 가짜일지도 모르는 그를 납치해 간 인물이 누구인지는 알아보았는가?"

'클클… 화운설! 그 여자도 정상이 아니지.'

잠마가 친절히 대답했다. 하지만 독선이 영호선이 아닌 이상 들을 수 없는 노릇이다.

"전혀요. 그자의 신법은 제 눈으로 감당할 수 있는 것이 아니었습니다. 괴선과 북룡, 서룡참마대가 추적에 나섰으니 아마 지금쯤 그자를 붙들지 않았을까 싶습니다."

"그러한가? 흐음, 그대의 스승에 대해서는 정녕 말하기 곤란한가?"

앞서 영호선이 사문에 대해 말할 수 없다는 말에 대해 아쉬움이 가득한 목소리였다.

"죄송합니다."

하지만 영호선으로서는 결코 입 밖에 낼 수 없는 말이었다. 그것은 지금 이 자리에서 역용을 풀지 못하는 것과 같은 문제였다.

"아쉽군, 아쉬워. 정과 마를 개의치 않는 진정한 기인이실진대 만나 뵐 수 없다니……."

영호선은 문득 강렬한 시선을 느끼고 누군지 확인했다.

모용화였다.

그녀는 무례한 표정은 아니었지만 꼭 의문을 풀어야겠다는 것만큼은 숨기지 않았다.

"모용화, 내가 어떻게 네 이름을 알았는지 궁금하겠구나."

모용화가 마음을 들켰다고 생각했는지 얼굴을 붉히고 슬쩍 독선의 눈치를 살폈다.

그녀의 눈동자엔 정도의 거인이 신뢰하고 있고 또 자신을 구하기 위해 위험을 무릅쓴 사람을 잠마원의 기재들을 구했다는 이유만으로 여전히 의심을 놓지 않고 있다는 것에 대한 자책이 깃들어 있었다.

영호선은 굳이 숨길 만한 것도 아니고, 독선이 정작 하겠다고 하는 말을 꼭 듣고 싶었기에 그 부분에 자발적으로 먼저 설명해 주었다.

이번에는 그야말로 거의 사실에 근거한 이야기였다.

잠마원 기재들과 어떻게 이곳 유화장에 오게 된 것인지 불안함을 떨치지 못해 살피다 우연히 대화를 엿들었다는 내용이었다. 물론 그 대화에서 모용화라는 이름이 언급되었다는 거짓말을 덧붙였다.

이야기가 끝났을 때 항마원 기재들은 비로소 납득한 표정으로 변해 있었다.

영호선은 산 고개를 넘을 때마다 매번 호랑이를 만나 떡 하나씩을 통행세로 건네고 그다음 고개로 넘어가는 기분이었다.

그러나 이제 떡도 떨어지고 호랑이도 나타날 것 같지 않았다.

영호선은 지금부터는 자신의 차례라고 생각했다.

"어르신께는 항마원 기재들을 구하러 이곳에 오신 것인지요?"

"그렇다네."

"이곳에 있다는 것을 어떻게 아셨는지요?"

"이런, 노부가 의심을 받고 있는 건가?"

영호선은 화급히 부인했다. 진실로 독선을 의심해서가 아니었다. 정작 영호선이 궁금한 것은 왜 그가 수면독을 살포한 후 바로 모습을 드러내지 않았냐는 것이었다.

"그럴 리가요. 그저 호기심입니다."

"그건 어르신께서 제게 남겨놓으신 표식 때문입니다."

의외로 대답은 남궁추의 입에서 흘러나왔다.

"표식이라니?"

영호선으로서는 문신이나 어떤 표식으로 사람을 찾는다는 말은 들어본 적도 없었다. 신선이라면 모를까, 아니, 신선이라면 굳이 표식 자체도 의미가 없을 것이다.

독선이 빙긋 웃으며 말했다.

"정확히는 독이라네. 물론 몸에 해로운 건 아니야. 오 년 전쯤에 남궁가에 간 적이 있는데 그때 남궁 공자는 독초로 인해 곤란한 지경에 처했었지."

남궁추가 보일 듯 말 듯 고개를 끄덕였다.

"…마침 노부가 그 일을 해결할 수 있었지. 노부는 이독제독으로 독을 중화시켰는데, 그 독성분이 발하는 향을 노부는 어느 곳이든 찾을 수 있는 것이라네."

"놀랍군요."

영호선은 솔직히 감탄했다. 독은 그저 중독시키거나 해독

시키거나 정도로 인식하고 있었거늘 독의 경지가 지고해지면
파생되는 공능이 다양해질 수 있다는 것을 처음으로 알게 된
것이다.

"남궁 가주는 아들이 항마원에서 몇 명의 친구와 은밀히
빠져나갔다는 소식을 듣고 내게 부탁을 한 것일세. 여력이
있을까 싶었지만 다행히 제 시간에 찾을 수 있어 다행이었
지."

"제가 잠마원 아이들을 빼낼 때 왜 말리지 않으셨나요?"
영호선은 독선이 쭉 지켜보고 있었을 것이라고 확신했다.
"말릴 자신이 없었던 게지."
"네?"
"하하하하하!"
독선이 기분 좋게 웃음을 터뜨렸다.
영호선은 독선이 웃는 이유를 알 수 없어 멍하니 그저 바라
보기만 했다.

"사실 빙화 그대를 감당할 자신이 없었으니까. 비록 극독
이 아니고 수면독이었다고 해도 아무런 영향을 받지 않는 자
라면 노부의 장점을 발휘할 수 없는 상대가 아니던가. 노부의
무공은 독이 아니라면 괴선과 요선에 미치지 못할 뿐 아니라,
오군에게도 당할 수 없다네."

충분히 부끄러울 수도 있는 이야기를 독선은 대수롭지 않

게 이야기했다.

아마도 독공을 마음껏 사용한다면 오군을 제압할 수 있고, 삼선에게는 밀리는 그 정도겠다 싶었다.

영호선은 의문을 해소하긴 했지만 괜히 독선의 치부를 드러낸 것 같아 미안한 마음이 들었다.

"자, 이제 중요한 이야기를 할 때가 된 것 같군."

독선은 어느새 진중한 표정으로 돌아왔다.

영호선은 직감적으로 지금부터 나오는 말들이 자신이 가야 할 길을 제시할 것 같은 예감이 들었다.

그래서일까, 잠마와 항마도 여느 때와 다르게 진지한 표정이 되어 있었다.

"빙화, 그대는 정마대전이 발발한 것을 알고 있는가?"

"정마대전이라뇨?"

"말한 대로네. 걷잡을 수 없이 피의 바람이 불고 있지. 바람은 거대한 광풍이 되었어. 이젠 누구도 막을 수 없는 그런 바람이 되고 만 걸세."

영호선은 작은 바람이 어디에서 불기 시작했는지 알 수 있었다. 그것은 보운장에서 시작되었고, 더 이상 항마칠단의 죽음과 그것을 밝혀내는 것으로 끝나는 문제가 아니게 되고 만 것이다.

손으로 셀 수 없는 많은 시체가 땅 위를 뒹굴고 그 죽음에

서 피어난 원한은 더 많은 죽음을 찾아 헤매게 되는 피바람이
중원을 휩쓸고 있는 것이다.

"왜죠? 마도련이 왜 그런 무모한 짓을 시작한 것입니까? 고
작 백 년 전의 정마대전에 대한 복수입니까?"

영호선은 마치 독선이 마도련의 련주인 것처럼 다그쳐 물
었다.

"아닐세. 전혀 아니야. 작금의 정마대전을 일으킨 것은 마
도련도 무림맹도 아니야."

짙은 회한이 문득 독선의 얼굴에 스쳤다. 언뜻 원망 같기도
했다.

영호선과 항마원의 기재들은 뜻밖의 말에 당혹을 금치 못
했다.

"누구입니까? 아니, 어떤 세력입니까?"

"그 이야기를 하자면 백여 년 전의 정마대전으로 거슬러
올라가야 하네. 당시 마도에는 광마혈성이라는 마도대종사
가 있었고, 정도에는 절세의 검객이랄 수 있는 검절이 있었
지. 문제는 마도의 광마혈성이 어느날 잠적하면서 시작되었
어."

광마혈성! 검절!

두 사람은 모두 영호선에겐 사부였다.

그러나 도대체 미친 사부가 왜 원인이 되는지는 짐작조차

할 수 없었다.

"마도의 구심점이랄 수 있는 존재가 어느 날 사라지자, 마도에서는 누가 가장 강한지를 놓고 분쟁이 일기 시작한 게야. 광마혈성에겐 두 명의 제자가 있었지만 그들은 사부를 닮았는지 군림하는 것을 그다지 원치 않았다고 하네. 성격이 포악하긴 했으나 둘 다 무공에 반 미쳐 있다시피 했던 게지."

영호선은 마른침을 삼켰다.

항마원의 기재들은 숨소리조차 내지 않았다.

"그때 마도 권세를 휘어잡은 것은 적련희왕이라는 자로 그는 마도련의 련주로 등극하면서 마도의 분열을 봉합하기 위해 외부의 적이 필요했지. 고금 이래 내부의 혼란을 잠재울 수 없는 미천한 자들이 생각하는 계책은 언제나 외부의 강력한 적에게 화살을 돌리는 것이었으니까. 마도의 기습적인 공격에 정도는 처음엔 속수무책으로 당할 수밖에 없었으나 전열을 가다듬은 후 반격이 시작되었지. 그때가 되자, 빙화 여협이나 여협의 스승처럼 은거하고 있던 기인들이 속속들이 모습을 드러내었고, 다시 전장의 양상은 팽팽해졌다네. 어느 쪽으로도 기울어지지 않고, 그저 약한 자들의 희생만 늘어가는 격이었어."

언제나 그렇다. 평화로울 때는 평화로운 대로, 격렬한 피바람이 불 때는 피바람이 부는 대로 약한 자들은 처음부터 존재하지 않은 것처럼 기억되지도 않고 그저 흔적도 없이 사라져 가는 것이다.

영호선은 자기도 모르게 주먹을 움켜쥐었다.

독선의 말은 계속 이어졌다.

"그러자 무림맹이나 마도련이나 다른 제삼의 힘을 끌어들 일 필요성을 느끼게 되었지. 그곳이 바로 사황천이었어. 사황 천 말일세."

독선의 눈에서 순간 불꽃이 터졌다.

자신의 무공이 내세울 것이 없다고 말할 때조차 껄껄껄 웃 고 말았던 그의 모습은 온데간데없었다.

그 자리에 앉은 모두는 비로소 작금의 정마대전이 사황천 의 농간임을 알 수 있었다.

"사황천은 정도와 마도 어디에도 속하지 않고 독자적인 세 력을 구축하고 있었지. 무림맹과 마도련에 비하자면 절반도 채 되지 않은 세력이었지만 그들이 어느 쪽에 힘을 보태느냐 에 따라 양상은 급격히 달라질 것은 불을 보듯 뻔한 일이었던 게야. 하지만 사황천은 그들의 제의를 즉각 거절했다네."

"정도와 마도에서는 어부지리를 노리는 것으로 생각했겠 군요?"

"맞네. 그들로서는 어쩌면 억울한 노릇이었겠지. 하지만 정도와 마도가 공멸한다면 사황천의 세상이 되는 것도 시간

문제였다네. 그다음은 어떻게 되었겠나?"

독선이 영호선을 향해 물었다.

영호선으로서는 고민할 것도 없었다.

"사황천이 제의를 거부한 순간 정도와 마도에겐 눈엣가시가 되었겠군요."

"그렇지. 먼저 손을 쓴 것은 마도 쪽이었다네. 마도는 일단 마음을 먹으면 행동하기까지 거침이 없으니까. 그들은 사황천을 제거하기로 마음먹었고, 그때 타격을 입은 사황천은 정도의 편에 선 것일세. 정도와 사황천이 하나가 되어 마도를 향해 총공세를 퍼붓자 마도의 패배가 이어졌네."

문득 영호선은 시야 어딘가가 허전함을 느꼈다. 그리고 이내 잠마와 항마가 내부 어디에도 보이지 않는다는 것을 깨달았다. 걱정이 되거나 하는 것은 아니었다. 자신이 보고 듣는 것이라면 두 놈이 모를 리가 없지 않은가.

독선은 영호선이 잠시 두리번거리는 것에 개의치 않고 말을 계속 이어가고 있었다.

"마도는 현재 잠마원 자리인 화산지대에 마련된 기관진식 속에 일부가 숨어들고, 또 다른 무리는 산지사방으로 흩어져 기습적으로 대항했어. 그것조차 처절한 것이었겠지. 그때부터 아주 지루한 상황이 이어졌네. 정도는 그들을 죽이려다 피해가 늘어가자 어쩔 수 없이 더 이상 공격할 마음을 잃어버렸어. 몰아붙이긴 했어도 정도의 피해 상황도 결코 작다 할 수 없었으니까. 그 피해를 복구하고, 사상자에 대한 처리며 모든 것이 아득할 정도였지. 그때 정도에서는 한 가지 결정을 해야만 했네.”

독선은 말을 멈추고 영호선과 항마원 기재들을 훑어보았다.

이내 다시 그의 입이 열렸다.

“사황천이란 존재를 이대로 둘 것인가 하는 것이었네. 그리고 결정이 내려졌지, 사황천을 멸하는 것으로.”

“아!”

누가 먼저랄 것도 없이 영호선과 항마원의 기재들이 동시에 탄성을 내질렀다.

모두들 방금 전까지 사황천에 대해 분노를 품고 있었지만 지금 이 순간만큼은 연민이 떠올랐다.

두 번째 정마대전은 복수였다. 원독을 풀어야만 하는 그들 평생의 숙원이 이루어진 것이다.

강호의 피의 수레바퀴는 조용한 가운데 무섭게 돌고 있었다. 단지 그것을 무림맹도 마도련도 모르고 있었을 뿐이다.

그러나 독선의 두 눈에 떠오른 것은 분노였다.

영호선에게 독선은 사황천의 복수가 지나치다고 생각하는 것처럼 보였다.

"사황천은 당시 핵심 인물들이 겨우 목숨을 부지해 천주의 아들을 가르치기 시작했던 거네. 그 아이가 천주로 등극한 이후에도 사황천은 결코 모습을 드러내지 않았지. 그저 암중에 몸을 묻고 복수의 칼날을 갈고 있었던 게야. 그들은 이번에는 완벽을 기하고자 했던 것이겠지. 오랜 시간 공을 들여 사황천을 부활시키기보단 정도와 마도에 잠입해 정마대전을 일으키는 것이야말로 진정한 복수라고 생각했어. 그리고 지금 사황천에 의해 다시금 정마대전이 일어나고 말았으니 모든 것이 사황천의 뜻대로 되고 만 것일세."

"현재 상황은 어떻습니까?"

영호선이 물었다.

이 사실을 독선이 알고 있다면 무림맹주가 모르고 있을 수 있을까? 그건 아직 정마대전을 종식시킬 수 있는 기회가 있음을 의미했다.

"늦었네. 늦고말고. 마도련의 정예 고수들이 속속들이 중원 한복판으로 향하고 있는 중이라네. 그러나 그전에 선발대로 나선 이들이 이미 제갈세가와 몇몇 문파를 초토화시켰지."

"아! 이럴 수가……!"

"사상자가 늘어갈수록 사황천의 이야기는 뒷전이 되게 마련일세. 그때부터는 정마대전이 일어나게 된 원인이 중요한 것이 아니라 희생자들에 대한 분노만이 남기 때문이지. 게다가 사황천이 정도와 마도에 심어놓은 이들은 중요 직책에 있는 것이 틀림없네. 이러한 정보들이 전해지지 않도록 할 것이고, 전장을 부추기는 일을 하게 될 거란 말일세.”

“독선께선 이 모든 것을……”

영호선은 말을 다 끝맺지 못했다.

그는 이때 독선을 똑바로 바라보고 있었다.

그런데 엉뚱하게도 눈앞 풍경은 독선이 아니라 바깥 풍경이 보인 것이다.

지금 자리하고 있는 삼층 전각의 바깥.

연무장이라고 불러도 좋을 만큼 넓디넓은 바로 앞마당에 세 명의 노인이 서 있었다.

단 한 번도 본 적이 없는 얼굴들이었다.

영호선은 왜 갑작스럽게 바깥 광경이 꿈결처럼 눈에 보이는지 이해할 수 없었다. 아니, 이해할 만한 여유가 없었다.

세 노인이 문제가 아니었다. 그들은 그저 중앙에 서 있을 뿐이었고, 거기에서 동떨어진 좌측 담벼락에 힘없이 기대앉은 다섯 사람 때문이었다.

그들은 토지묘에 있어야 마땅한 잠마원의 기재들이었다.

무슨 수를 어떻게 쓴 것인지 그들은 정신을 차린 상태였지만 꼼짝도 못하고 있었다.

영호선이 넋이 나간 듯 눈이 몽롱한 것을 보고 독선이 물었다.

"무슨 일인가?"

"모르겠습니다. 하지만 확인은 해봐야겠습니다. 어쩌면……."

영호선은 자리에서 일어났다.

갑작스런 행동에 독선과 항마원의 기재들이 의문이 가득 담긴 시선을 던졌다.

영호선이 문을 향해 걸으며 말했다.

"…사황천이 온 것 같습니다."

이 현상을 이해할 수는 없었지만 왜인지 환상이 아니란 생각이 들었다. 황당한 가정이지만 잠마와 항마가 이야기 중간에 갑자기 사라졌던 것은 이미 바깥의 광경을 눈치채고 나가 있었던 것이 아닌가 싶기도 했다.

잠마가 나무를 벤 것이며, 진법 안에서 눈과 입이 달린 나무가 했던 괴상야릇한 말의 실마리 같기도 했다.

실타래처럼 머리가 복잡하게 얽힌다는 것이 이런 것일까?

영호선은 그저 헛것을 본 것이길 바라는 한편으로 사실이길 바랐다.

등 뒤로 독선의 무거운 침음성이 들렸다.

항마원 기재들이 자리에서 일어나는 소리가 이어 들렸다.

영호선이 두 팔을 뻗어 문을 활짝 열었다.

기시감처럼 방금 전 보았던 풍경이 똑같이 나타났다.

세 노인, 그리고 담 아래쪽의 잠마원 기재들.

잠마와 항마는 입구 쪽에서 가만히 세 노인을 응시하고 있었다.

영호선은 머리를 돌려 독선을 바라봤다.

"독선께선 제게 양보해 주시지 않겠습니까?"

독선이 살짝 고개를 끄덕였다.

그것으로 충분했다. 독선이 나서지 않는다면 항마원 기재들도 나설 일은 없을 터. 문득 본 항마원 기재들의 표정엔 근심과 불안이 혼재되어 떠올라 있었다.

영호선은 그들의 얼굴 위로 항마칠단의 면면을 떠올렸다.

생의 마지막에 피를 게워내던 담석청의 얼굴부터 하나하나 스치듯 지나갔다.

순간 머리가 핑 돌았다.

항마칠단에 대한 복수?

이것은 과연 옳은 일일까? 항마칠단은 과연 기뻐할까?

이건 단지 나의 감정의 골을 메우려는 사소한 욕심이 아닐까?

사황천도 복수를 하려고 한다.

그들도 사랑하는 가족과 친구를 잃었다. 내가 정당하다면 그들도 정당한 것이 아닐까?

누가 더 적게 죽였느냐로 우열을 가리는 건가?

하지만 사랑하는 이를 잃은 슬픔의 무게가 너무 커 십만 명 정도는 죽여야 한다면 뭐라고 대답하지?

이내 영호선은 자신이 왜 이 자리에 서 있는지조차 이해할 수 없었다.

옳고 그름이 무엇이고, 생의 목적이 무엇인지도 알 수 없었다. 살아 있다는 것은 무슨 의미가 있는 것일까?

문득 삶 자체가 지옥이 아닐까 하는 생각이 들었다.

우리네 인생이란 것은, 태어나 살아간다는 것의 의미는 어쩌면 전혀 다른 세상에서 극악한 죄를 지은 자들이 형을 집행받아 지옥에 첫 발을 뗀 것은 아닐까 싶었다.

어쩌면 어머니 뱃속에서 열 달을 보내는 동안은 지옥으로 죄인이 이송되는 기간일지도 모른다.

이 모든 생각들은 그야말로 항마원 기재들을 바라보는 찰나적인 순간에 머리를 꿰뚫은 것이었다.

그리고 한순간 이 상황도 이해가 되고 말았다.

'아!'

'그런 거지' 라고 잠마가 중얼거렸다.

항마는 어느새 몸을 돌려 독선을 바라보고 있었다.

영호선도 고개를 돌려 독선을 바라보았다.

‘사황천주······.’

독선은 무심히 눈빛을 받아내고 있었다.

그렇다. 그가 사황천을 언급할 때 떠올렸던 분노의 의미는 사황천이 아닌 무림맹과 마도련을 향한 것이었다.

이제 남은 의문은 왜 사황천주가 자신을 향해 이 모든 설명을 했으며, 또 이 자리를 마련했느냐 하는 것이었다.

‘그래, 죽이진 않겠어. 아무도.’

이건 사황천이 꾸민 것이 아니다.

지옥의 수만 가지 형벌 중 하나다.

누구도 기뻐할 수 없는······.

이 모든 것이 그저 꿈이라면······.

영호선은 세 노인을 향해 검격을 날렸다.

第七章
똑같은 운명

潛魔 잠마검선 劍仙

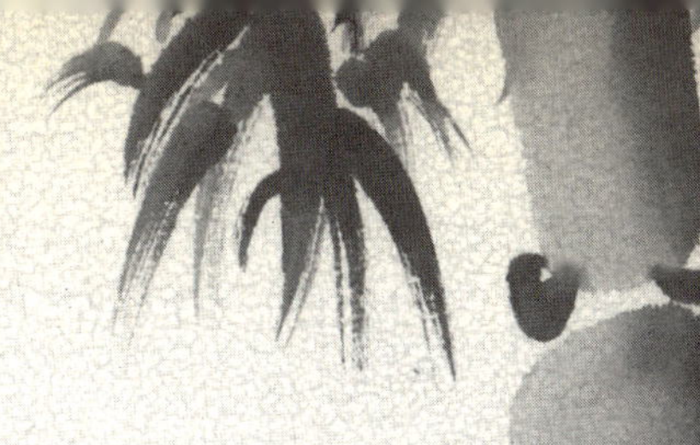

영호선이 신형을 날리던 그때, 섬서성 산양 한복판에서는 술자리가 한창이었다.

자정을 훌쩍 넘긴 시간이었지만 총 이층으로 이루어진 묘화루의 각 탁자와 방에는 제법 많은 손님들이 자리하고 있었다.

그리고 그중 한 별실에서는 화운설의 혀가 돌아가 있었다.

"사~ 부우~ 님~"

반로환동까지 이룬 화운설이었지만 내공이 차단된 상태에서는 쏟아붓듯 파고드는 술기운을 감당할 수 없었다.

맞은편에는 광마혈성이 앉아 있었고, 문밖에는 풍진이 굳건히 서 있었다.

"왜 그러셨어요? 네? 딸꾹~"

눈이 풀려 해롱거리면서도 화운설의 손은 연거푸 술잔을 들어 입에 들이부었다.

"무슨 헛소리냐?"

"제가요, 이 화운설이 말이에요, 어렸을 때 말이에요, 젠장할……."

두려움에 질려 벌벌 떨던 화운설은 술기운에 함몰된 상태였고, 덕분에 겁대가리를 잠시 분실한 상태였다.

하지만 광마혈성은 인내심을 발휘하며 제자의 겁대가리를 찾으러 다니진 않았다.

애초에 내공을 차단한 것이 광마혈성 자신이었다. 그는 허심탄회한 이야기를 듣고 싶었다.

"모른 척 어물쩍 넘기실 참이에요? 네?"

화운설은 고개를 숙인 자세에서도 따지듯 눈동자만 올려 광마혈성을 쳐다봤다.

"좋다, 좋아. 그래, 하고 싶은 말이 뭐냐?"

"젠장. 시치미 떼시기는……."

화운설이 다시 빈 잔을 채우고 입 안으로 털어 넣었다.

문밖에 서 있는 풍진은 누가 보더라도 태연히 서 있는 호위

무사의 자세를 취하고 있기는 했지만 정작 심장은 오그라든 지 오래였다.

할 수만 있다면, 그게 가능하기만 하다면 당장에라도 이 자리에서 도망치고 싶다는 생각이 그의 온 머리를 잠식하고 있었다.

풍진은 주군이 사부를 거론한 것을 거의 듣지 못했지만 일 년에 한 번 정도 이야기를 꺼낼 때면 떨리는 목소리로 조심스럽게 말하는 것을 듣곤 했다.

그때는 이미 이 세상 사람이 아니라고 단정 짓고 있었음에도 그리 두려워했거늘 오늘은 마주하고 있는 중임에도 거침이 없었으니 어쩌면 오늘이 자신의 제삿날이 될 수도 있는 것이다.

복도를 지나는 취객이 '뭐가 이렇게 시끄러워!' 라고 소리를 질렀다.

풍진은 불안에 몸을 떠는 중에도 자신이 해야 할 일을 잊지는 않았다.

즉시 중년 사내의 아혈을 짚고 놀란 눈으로 입을 벌리고 있는 틈 사이로 손가락을 집어넣어 오른쪽 어금니를 뽑아버렸다. 생니를 뽑히는 고통 속에서 중년 사내가 당장에라도 눈알을 튕겨낼 듯 핏발을 세우고 부릅떴다.

풍진은 중년 사내를 복도 끝 열린 창문으로 던져 버렸다.

말 한마디 잘못해서 어금니가 뽑히고 이층에서 던져져 두 다리가 부러지는 것과 동시에 기절해 버렸지만 그는 끝내 자신이 오늘 상당히 운이 좋았다는 사실은 알지 못할 것이다.

안쪽에서 주군의 음성이 이어지고 있었다.

"딸꾹! 그렇잖아요. 저는요, 어릴 때 추억 따위가 전혀 없다구요. 무공, 무공, 무공……. 앉으나 서나 잠을 잘 때나 깨어 있을 때나 그것뿐이었잖아요. 딸꾹……."

"그래서 잠마원에 간 것이냐?"

광마혈성이 혀를 차며 말했다.

"그래요. 잘 아시네요. 아, 잔이 비었는데 좀 따라보세요~"

화운설이 빈 잔을 탁자에 탁탁탁 세 번 치며 채근했다.

광마혈성은 손을 대지 않고도 잔을 채울 수 있었지만 차분히 술병을 들어 제자의 잔에 채워주었다.

"좋아요. 잘하시네요. 꺼억~! 기억나세요? 태유하고… 태유, 알죠?"

화운설이 입을 삐죽 내밀며 사납게 노려봤다. 하지만 날카로운 눈빛이 아니라 애써 무섭게 보이려고 짓는 그런 표정이었다.

"알지, 알다마다."

"태유하고 밤마다 이런 이야기를 하고 놀았어요. '넌 내일 누구를 팰 거냐?' 하고 물으면 태유는 '내일은 독만상을 팰 생각이에요'라고요. 그러면 제가 그랬죠. '약왕문의 첫째는 오늘 내가 팼어'. 그럼 태유는 곰곰이 생각에 잠긴 뒤 귀영문의 장로 중 한 명이 마음에 들지 않는다고 찍었어요. 그때 제 나이가 몇 살이었는지 아세요? 열여덟 살이었다고요. 태유는 열다섯이었고요. 그게 뭐냐고요. 도대체가! 딸꾹!"

"그래서?"

광마혈성은 당장에라도 화운설의 술기운을 몰아내고 싶은 충동에 사로잡혔다.

"그래서라고요? 호호호호! 전 아직까지 처녀에요. 제가 몇 살인지나 아세요? 꽃다운 나이에 한창 사랑을 해도 모자랄 판에 이놈 저놈 패고 다녔다니까요. 그래서? 아, 그래서죠. 그래서 잠마원에 간 거예요. 좋잖아요. 잃어버린 어린 시절을 되돌아보고 싶었으니까요. 그런데 거기에 그놈이 있었어요."

"영호선 말이냐?"

"네, 영호선. 그 망할 놈의 영호선이 사랑과 꿈이 범벅이 되어도 모자랄 곳을 마구 짓밟고 있더라고요. 그 녀석은 절 무시했어요. 눈알은 시뻘겋고 피 지렁이가 얼굴에 기어 다니는 그놈 말이에요. 여기저기서 피까지 빨아 먹는 놈이었어요. 지가 무슨 흡혈마존이라도 되는 줄 알더라니까요. 그래도 흡혈마존은 마공을 유지하기 위해서라지만 그놈은 순전히 재미 때문이더라고요. 아! 제길 재미라니. 잠마원을 엉망으로 만들었어요."

"호호호……."

"웃기죠? 저도 어이가 없었다니까요. 그래요. 거기까진 좋아요. 그냥 참을 만했어요. 그런데 영호선 그 씹어 먹을 놈이 환영식을 한다면서 제게 무슨 짓을 한 줄 알아요?"

"응?"

"술이나 따라요."

"그래, 무슨 짓을 했지?"

광마혈성이 자기 잔과 화운설의 잔에 술을 따랐다. 음성은 서늘했지만 화운설은 그것을 알아차리진 못했다. 대신 방 밖에선 풍진이 다리가 풀리며 휘청했을 따름이다.

"싸우라는 것이었어요. 하하, 호호호! 웃기지 않아요? 제가 어릴 적 모습으로 돌아와 새로운 젊음을 느끼고 새로운 경험을 해보려고 하는데 그놈은 사부님하고 똑같았어요. 또 누굴 패라는 거였죠. 이러니 제가 화가 안 났겠어요? 정말 미쳐 버리는 줄 알았죠. 그런데 오랜만에 만난 사부라는 작자가……."

파삭!

화운설은 순간 흠칫해서 소리를 쫓았다.

광마혈성의 손아귀에서 빈 잔이 바스러져 있었다. 작은 파편이 아니라 고운 모래가 흘러내리듯 가루가 되어 탁자에 주르르 떨어져 내렸다.

"아고, 죄송합니다요. 딸꾹."

화운설은 비틀거리며 일어나 꾸벅 고개를 숙이고 다시 제
자리에 앉았다.

"그러니까 제 말은 사부님이 그놈을 어떻게 제자로 삼을
수가 있느냐는 말이에요. 전 놈을 죽일 거예요. 말리지 마세
요. 아시겠어요? 사부님이 일 년 내내 그놈 곁에 붙어 있을 순
없을 테니까 언제든 기회는 찾아올 거예요. 딸꾹!"

"호호호, 네 실력으로 셋째를 꺾을 수 있을지 모르겠다."

"헤헤헤, 무슨 소리에요? 그놈은 새끼손가락만으로도 목을
딸 수 있다고요."

"그럴까나. 그럼 빨리 해야 할 것 같구나. 셋째가 어떤 모
습이 될지는 나도 잘 모르겠거든."

"좋아요. 그럼 약속하세요."

화운설이 새끼손가락을 내밀었다. 헤벌쭉 웃는 모습이 천
진난만했다.

광마혈성은 손가락을 한참이나 바라보다가 피식 웃고 말
았다.

"그래, 좋다."

광마혈성이 손가락을 걸고 약속했다.

"아, 너무 좋아. 놈은 이제 내 거야, 내 거라고. 천하의 무서

울 것 없는 사부님이 손을 걸고 약속했어."

화운설은 꿈에 젖은 눈으로 천장을 올려다보다가 쿵 소리
와 함께 탁자에 머리를 박고 쓰러졌다.

*   *   *

세 노인은 각기 병기가 아무것도 없었다.

하지만 영호선의 검에 맞서는 그들은 몸 자체가 치명적인
병기였다.

네 사람이 어우러져 격렬히 공방을 오가는 모습을 지켜보
며 항마원과 잠마원의 기재들은 이 싸움의 결과에 따라 자신
들의 운명이 바뀔 것임을 알고 있었지만 한 사람의 무인으로
서 진실로 탄복했다.

그런 가운데 그들 모두는 공통적인 의문에 사로잡혔다.

푸근한 인상의 중년 여인, 빙화라는 어딘가 어울리지 않는
이름을 가진 여인이 왜 이 자리에서 자신들을 대신해 목숨을
건 사투를 벌이고 있느냐였다.

물론 항마원 기재들은 항마칠단과의 인연을 떠올렸고, 잠
마원 기재들은 영호선의 사저라는 입장이라고 생각하겠지만
그것이 과연 그만큼 큰 끈인지는 의문이었다.

순식간에 삼백여 초를 교환한 양쪽의 양상은 백중지세였다.

명백히 움직임을 파악하고 있는 것은 아니었다. 그저 검격이 이어지고, 세 노인 중 어느 누구도 쓰러지지 않았다는 것에 대한 감상이었다.

항마원 기재들은 초조하게 지켜보는 가운데 독선을 향해 가끔 눈길을 던졌다.

그들은 답답한 마음에 심장이 쥐어짜는 것 같았지만 차마 정도의 하늘과 같은 고수를 향해 말을 꺼내지는 못하고 있었다. 사황천으로 짐작되는 절세의 노인들은 당연하다는 듯 합격을 하고 있지 않은가. 현 상황은 도의를 따지는 비무가 아니었다. 정마대전이 발발한 시점인 것이다.

그럼에도 왜 독선이 묵묵히 바라만 보고 있는지 이해할 수 없었다. 독선이 고백한 대로 그의 무위가 오군에도 미치지 못한다고 해도 저 세 노인 중 한 명만이라도 붙들어준다면 승부는 순식간에 기울 것이 자명했다.

점점 치열해지는 공방에 땅이 갈라지고, 동쪽 벽에 지풍에 의해 구멍이 숭숭 뚫릴 정도의 험악한 상황이 연출되자, 결국 서중휘가 참지 못하고 입을 열었다.

"도와야 하지 않겠습니까?"

항마원 기재들의 시선이 독선을 향했다.

독선이 천천히 고개를 돌려 서중휘를 바라보았다.

"돕고 싶은 것이냐?"

일순 서중휘는 말뜻을 알아차리지 못했다.

돕고 싶냐니?

항마원의 기재들도 어리둥절한 눈빛이 되고 말았다.

"누굴 돕고 싶지?"

"네?"

"누굴 돕고 싶냐고 물었다."

독선의 음성은 강압적이었다.

서중휘와 곁에 있던 기재들이 주춤 뒷걸음질 쳤다.

"편히 앉아라."

독선이 항마원 기재들을 향해 소맷자락을 펄럭였다.

그 순간 서중휘 등은 감초 향과 비슷한 냄새를 맡았다는 느낌과 함께 일제히 몽롱한 기운에 취해 그 자리에 주저앉고 말았다. 한줌의 진기도 끌어올릴 수 없을 뿐 아니라 팔다리도 움직일 수가 없었다.

무슨 말인가를 하긴 해야겠는데 이 돌연한 상황이 너무나 충격적이라 아무것도 떠오르지 않았다.

독선은 그들을 무시하고 앞뜰로 시선을 던졌다.

"너희가 나서야 하는 자리가 아니다. 지금의 너희는 그저 바라보는 것뿐."

서중휘는 억지로 입을 열려고 했지만 한마디도 할 수가 없었다. 충격 때문이 아니었다. 입 안에서 혀가 기능을 잃고 축 늘어져 꼼짝도 하지 않았다. 그저 제 역할을 하는 것이라곤 두 눈과 머리뿐이었다.

격전은 더욱 치열해지고 있었다.

"심검을 쓰지 않는구나, 심검을……."

독선이 혼잣말처럼 중얼거렸다.

항마원 기재들은 격동에 휩싸였다.

그들은 독선이 더 이상 정도의 하늘도 아니고, 천하삼선 중 일인도 아니라는 것을 깨달은 상태였다.

아니, 그는 천하삼선 중 분명 한 사람이었을 것이다. 하지만 지금은 사황천주이거나 사황천의 고수 중 한 사람임을 명백히 알 수 있었다.

그러나 그가 기다리고 있는 것이 심검이라는 말은 도무지 무슨 뜻인지 알 수가 없었다.

그렇다면 왜 여협은 일다경이 넘어가는 동안 시간만 끌고 있단 말인가.

아니, 어쩌면 세 노인을 향해 말하는 것인지도 모른다. 장난은 그만하는 것이 좋지 않느냐는 뜻으로 말이다.

그때였다.

검은 그림자들이 하늘을 가득 메우는가 싶더니 이내 그림자들은 화유장의 전각 위 지붕 위에 내려앉았다.

그것은 마치 까마귀 떼 같았다.

그들은 모두 가면을 착용하고 있었는데, 황색, 청색, 백색, 흑색이었고, 어떤 가면은 웃고 또 어떤 가면은 울고 있었다.

그 광경에 항마원과 잠마원 기재들은 암담함을 느꼈다.

등이 굽은 꼽추가 가장자리를 빠르게 타고 돌며 독선 앞에 이르러 부복했다.

"주군을 뵙습니다."

독선이 무심한 시선으로 꼽추를 내려다봤다.

"심검에 대한 것은 착각이었던 모양이로구나. 굳이 올 필요도 없었거늘."

"속하를 벌하여 주십시오."

"너를 탓할 일이 아니다. 이제 끝내도록 하자."

항마원 기재들의 경악에 찬 시선은 아예 없는 것처럼 여기며 독선이 말했다.

"존명!"

꼽추가 머리를 조아린 뒤 일어나 지붕 한쪽을 바라보며 외쳤다.

"적염칠자는 삼노를 도와라! 반드시 생포해야 한다!"

동쪽 지붕에서 일곱 명의 가면인이 귀신처럼 신형을 솟구쳐 곧바로 가세했다.

팽팽하던 줄다리기는 더 이상 이어지지 못했다.

항마원과 잠마원의 기재들은 은공을 돕지도 못하는 자신

들의 무력함에 머리가 녹아내리는 것 같았다.

구름에 가려졌던 달빛이 더 생생히 지켜보라는 듯 모습을 드러내며 빛을 비췄다.

적염칠자가 가세한 뒤로 여협은 연신 수세에 몰렸다.

그렇게 순식간에 오백여 초가 지났을 무렵이다.

기재들은 일순 헛바람을 들이켰다.

여협의 모습이 변하기 시작한 것이다.

그 모습은 흉악하기 이를 데 없었다.

얼굴은 문드러지고 가슴 한쪽이 푹 주저앉았다.

정녕 두 번 다시 보고 싶지 않은 추악한 외모였다.

풍만하고 정이 많게 보이던 여협은 더 이상 이 세상에 없었다.

항마원 잠마원 기재들은 눈을 돌리고 싶은 충동에 사로잡힐 지경이었다.

그녀는 어쩌면 목이 달아나는 것보다 자신의 모습이 드러나는 것을 더 회피하고 싶어할지도 모를 일이었다. 그녀가 밝게 웃던 미소 속에 감춰진 그늘과 아픔이 얼마나 큰 것이었지 짐작조차 할 수가 없었다.

여협의 눈빛에 당혹이 선명히 떠오르는 것 같았다.

그러나 끝이 멀지 않았다는 것을 모두는 알고 있었다.

그녀의 역용이 풀렸다는 것의 의미는 그만큼 내력의 소모가 극심해 더 이상 역용을 붙들 수조차 없다는 것을 뜻하기 때문이었다.

순간 여협의 신형이 솟구쳐 올랐다.

의도는 명백했다.

이 자리를 벗어나고자 함이었다.

"갈 수 없다!"

한소리 외침과 함께 독선이 허공을 가르며 나아갔다.

그가 중도에 오른손을 쭉 뻗었다.

기재들은 거대한 경력의 회오리가 공기를 찢어발기며 여협의 등에 꽂히는 것을 보며 몸을 떨었다.

여협은 늦가을의 낙엽처럼 맥없이 추락했다.

기재들은 누구 할 것 없이 이를 악물었다. 몇몇은 벌써 눈물을 흘리고 있었다.

퍽 소리와 함께 바닥에 떨어진 여협이 그 추악한 외모 속에서 비틀대며 몸을 일으키고 있었다.

"우웩!"

여협이 허리를 격하게 숙였다.

검붉은 핏물이 입에서 뿜어져 나왔다.

그 순간 다시금 변화가 나타났다.

여협의 얼굴이 천천히 허물을 벗듯 벗겨지고 있었다.

한쪽밖에 남지 않은 부푼 가슴마저 꺼졌다.

화상으로 일그러진 듯 뭉개진 얼굴이 점차 사라지고 매끈한 피부가 드러났다.

그러나 여협은 그 사실조차 알아차리지 못한 듯 겨우 두 다리를 의지해 서 있는 것이 고작이었다.

여협이 아직까지 붙들고 있는 것이 신기할 정도인 검을 들고 아이들이 놀이터에서 서로 장난하듯 마구 저어댔다.

그러다 크게 휘두른 힘을 이겨내지 못하고 그대로 풀썩 쓰러졌다.

등을 바르르 떨던 여협이 검을 지팡이 삼아 간신히 몸을 일으켰다.

여협의 모습이 달빛 아래 적나라하게 드러났다.

여협이 아니었다. 추악한 외모의 여인도 아니었다.

그건 바로 영호선이었다.

기재들은 몸이 어거당한 상황에서 경악스런 외침을 마음으로 토해냈다.

'영호선!

그들 모두가 입을 열 수 있었다면 아마 화유장이 떠나갈 정도로 영호선이라는 이름이 울려 퍼졌을 것이다.

그들에게 있어 더 이상 영호선은 과거의 영호선이 아니었다.

잠마원의 기재들에게 있어 영호선은 악귀처럼 포악에 젖

어 피를 빨고, 사람을 못 죽여서 안달하던 미친놈이었다. 죽었다는 말을 듣고 모두들 환호를 금치 못했다.

그런데 지금 눈앞에 자신들의 생명을 구하기 위해 목숨을 건 은공이 또한 영호선이었다.

유은령은 아혈을 찍혀 한마디도 꺼낼 수 없었음에도 억지로 영호선을 부르느라 벙어리가 애써 말하는 것처럼 꺽꺽대며 눈물을 흘렸다. 바로 곁에 있으면서도 알아보지 못한 자신의 어리석음이 원망스러웠다.

초이량, 독상군, 청당, 소묘희…….

그들도 모두 영호선에게 온갖 시련을 겪었다.

그 모든 시련에 대한 보답이라도 하듯, 미안함에 손을 건네듯 영호선은 보이지 않게 구원의 손길을 건네고 다정한 미소를 보내온 것이다.

그런 감정은 항마원의 기재들도 마찬가지였다.

비록 영호선이 꾸며낸 활불의 모습이 거짓이었다고 할지라도 이제 더 이상 그 문제는 아무것도 아니었다. 잠마원에 머물렀던 과거도, 모두를 혼란에 빠뜨렸던 식중독 사태도, 항마칠단의 죽음도…….

마치 영호선은 그 모든 것에 대해 용서를 구하듯 몸부림치지 않았던가.

도리어 영호선이 마도련과 무림맹 사이, 잠마원과 항마원

사이에서 길을 잃고 의지할 데 없이 홀로 걸어야 했던, 드러나지 못했던 아픔이 눈에 보이는 듯 했다.

독선, 아니, 사황천주가 영호선을 향해 천천히 걸음을 옮겼다.

움직일 수 없는데도 불구하고 모든 기재들은 피가 거꾸로 솟는 것 같아 몸을 들썩이려 했다.

고통스러운 얼굴로 영호선이 독선을 올려다봤다.

영호선이 입을 달싹였다. 하지만 소리는 나오지 않았다.

"너의 수고로움도 이제야 끝이 났구나. 영호선, 이제 쉬거라."

독선이 영호선을 향해 손을 뻗었다.

쿵!

발작하듯 발을 딛고 몸을 비틀대던 영호선의 몸이 통나무처럼 쓰러졌다.

독선이 잠마원의 기재들을 향해 시선을 던지고, 이어 항마원의 기재들을 바라보았다.

"원망하지 말거라. 너희가 강호에 발을 디딘 순간부터 이미 끝없이 돌고 도는 운명의 수레바퀴에 올라탄 것뿐이다. 누군가 또 사황천을 향해 복수를 하고, 우리의 목숨도 끊어질 날이 오겠지. 하지만 그것이 강호가 아니겠느냐. 그때그때 주어진 자기의 길을 가는 것뿐이지."

기재들의 눈에서 불꽃이 튀었다.

독선이 희미하게 웃었다.

"너희는 영호선을 죽이려고 하지 않았더냐? 아, 그래. 물론 그건 착각이었지. 오해였다."

독선이 힐끗 영호선을 바라봤다.

"그러나 당하는 사람의 마음을 다 헤아리긴 어렵지. 정도인들, 바로 너희가 지켜야 할 정도의 모습이 그러했단다. 그들이 사황천을 멸할 때 망설였을까? 정과 마에 끼어 있었던 사황천의 모습이… 바로 이곳에도 있구나. 영호선, 저 아이의 모습이다. 어떠냐? 슬프지 않느냐?"

第八章
구름 너머의 목소리

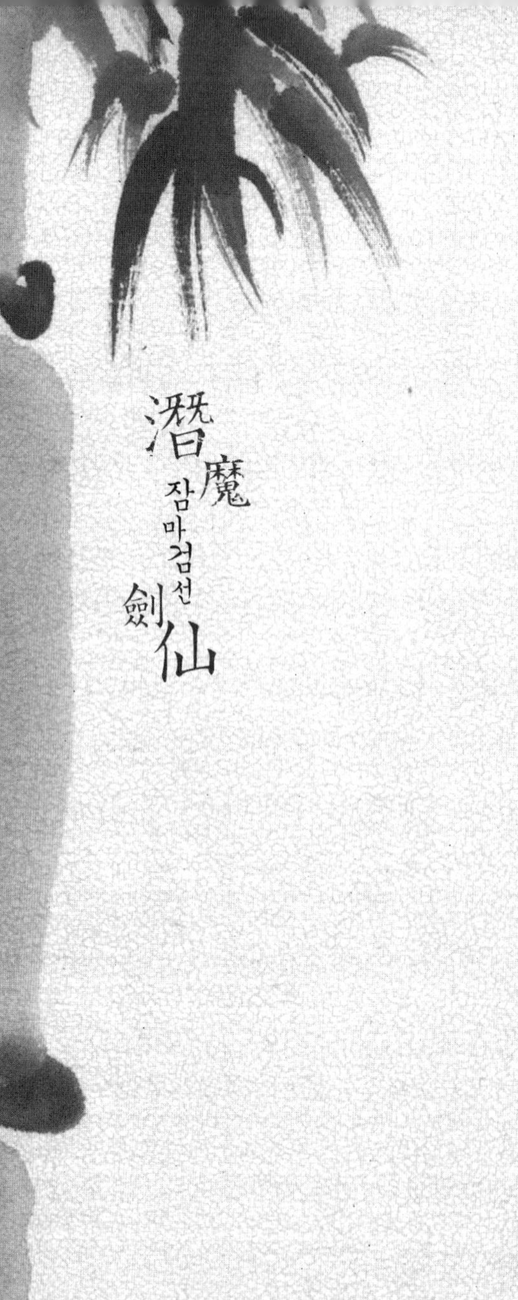

潛魔
잠마검선
劍仙

　광마혈성은 뻗어버린 화운설을 깨우지 않았다.

　실컷 떠들어댄 다음에 바로 딴사람처럼 행동하는 것을 보고 싶지 않았다.

　대신 풍진을 시켜 근처 객방으로 옮기라고 명을 내리고 고요히 밤길을 거닐었다.

　화운설의 푸념이 머리를 어지럽게 떠돌았다.

　"크큭."

　실없이 웃음을 흘렸다.

　그땐 녀석들도 모두 좋아했을 것이다.

하지만 뒷날 되돌아보니 허망했겠지.

인생에서 누구라도 후회없이 살았다고 말할 수 있는 자가 있을까? 그런 자가 있다면 세상에서 가장 운 좋은 놈일 것이라고 광마혈성은 생각했다.

하루에도 몇 번이고 떠올려 보는 것이 과거가 아니던가.

결정적인 선택의 순간, 내가 만약이라는 말로 시작되는 과거로의, 결코 불가능한 돌아가기를 꿈꾸지만 그 누가 그것을 이룰 수 있을 것인가.

"그렇게 살아가는 것이 인생이지."

그러다 불쑥 둘째가 미친 것 같다는 화운설의 말이 떠올랐다.

강호일통이라고 했다.

폭혈공까지 사용되었다고 한다.

만약 그것이 사실이라면 결코 좌시할 수 없는 일이었다. 강호의 수많은 은원은 얽히고설켜 있고, 서로의 욕망이 달라 줄자로 대고 긋듯 정리할 수 있는 것이 아니었다. 천하를 제패한다고 한들 그것을 끌어안고 저세상으로 갈 것도 아니지 않는가.

좌측으로 작은 주루가 보였다. 탁자는 고작 네 개에 불과했다. 손님은 한 사람도 없었다. 밤이 깊은 탓이었다. 주인으로 보이는 오십대 초반의 비쩍 마른 사내가 입구 쪽에 앉아 물끄러미 밤하늘을 올려다보고 있었다.

광마혈성은 주루로 들어가 안쪽 탁자에 앉았다.

"제일 좋은 술로 한 병 가져오너라."

화운설이 술이란 술은 모조리 입에 털어 넣어버리는 바람에 몇 모금밖에 마시지 못했다.

주인장은 웬 늙은이가 앉자마자 반말을 지껄이자 기분이 상해 노려봤다.

그러나 눈이 마주친 순간 그는 얼어붙어 버렸다.

분명 사람의 눈이었지만 그 눈을 들여다본 순간 그는 어둠에 잠긴 산야에서 까마득한 절벽 아래로 끝없이 추락하는 것 같았다.

하루 이틀 술장사를 한 것도 아니고, 별의별 사람을 다 만나보았지만 단 한 번에 심연 속에 빠지는 경험은 처음이었다.

그는 심장이 뛰는 속도에 맞춰 술병을 찾아 나섰다.

조금이라도 늦으면 안 된다.

최고급 술과 고급 안주를 대령하면서도 그는 고개를 푹 숙였다. 이 손님에게 돈을 받고 싶은 생각도 들지 않았다.

그러나 광마혈성에게 있어 주인장이 혼자 무슨 생각을 하며 발작을 하든 그건 일고의 가치도 없었다.

광마혈성은 술잔을 채우고 둘째를 생각했다.

아무래도 이해가 되지 않았다.

둘째가 마정대전이 마무리된 후, 전면에 나서서 지존으로 불리는 것은 알고 있었다.

마도련주로 즉위한 지 그것도 이십 년 뒤에서야 파악한 사실이었다.

녀석이 군림하고자 련주가 된 것이 아니란 것을 알았기에 광마혈성은 다시 지하 동부로 돌아왔다.

그건 순전히 적련희왕이라는 애송이가 스스로의 모자람을 전쟁을 통해 메우려고 마정대전을 일으켜 큰 피해를 입힌 것에 대한 분노 때문이었다.

둘째도 군림하기보다는 유유자적하길 원하는 성격이었다. 마정대전이 종결되고, 여전히 숨을 쉬고 있던 적련희왕을 죽이고, 그를 추종하는 세력을 모조리 죽여 버린 뒤 상황을 수습하고 나니 마도련주가 되어 있었던 것이다.

그런 둘째가 마정대전을 일으키다니…….

광마혈성은 고개를 저었다.

둘째에 대한 의심보다 어쩌면 둘째의 신변에 문제가 생긴 것은 아닐까 하는 의혹이 슬며시 피어났다.

어떻게든 확인해 봐야 할 문제였다.

광마혈성은 술병을 들어 다시 잔을 채웠다.

술병은 어느새 절반으로 줄어 있었다.

그러다 술잔을 입에 대려는 순간 광마혈성은 그대로 굳어버렸다.

띠잉 하는 감각이 새끼손가락에 강렬하게 파고들었다.

'응?'

마운천봉공의 기운이었다.

정확히는 항마원에서 영호선과 작별할 때 새겨두었던 끈이다. 눈에 보이는 것도 아니고, 끊어질 수도 없는 마운천봉공을 통해 계속 실타래를 풀어 연결해 둔 천선(天線)이었다.

천선이라는 명칭은 광마혈성이 항마원에서 나오면서 붙인 것이었다.

그는 당시 영호선이 혼란 상태에 있지만 그 속에서 빠져나온다면 전혀 다른 경지에 이를 것임을 직감했다. 하지만 높다란 경지에 오르는 것은 그리 쉬운 일이 아니었고, 실패할 확률이 더 높다고 봐야 했다.

그렇기에 혼란으로 인해 혹여 무슨 문제가 생긴다면 즉시 알 수 있는 방법이 없을까 하는 고민 끝에 영호선의 기운의 흐름을 새끼손가락에 매달아 천천히 거리를 벌려가면서 확인하는 작업을 거쳤다.

혹여 끊어질까 하는 걱정은 기우에 불과했다.

천선은 수만 리에 떨어져 있든 지하에 파묻혀 있든 기운이 생동한다면 그것을 감지해 낼 수 있었다.

천선이 아니라고 해도 십 리 정도라면 쉽게 기를 읽어낼 수

있지만 잠마원의 지하에서야 그 흐름을 읽을 수 없었으니 고
육지책으로 생각해 낸 것에 광마혈성은 만족하고 있었다.

그런데 지금 그 천선이 강력한 반응을 보인 것이다.

이는 마운천봉공의 기운을 전력으로 끌어올리고 있음을
나타내는 것이었다.

'이 미친놈이 어디서 산이라도 하나 때려 부수는 건가?

새끼손가락은 점점 더 강렬한 반응을 타고 살짝 떨리기까
지 했다.

어디에서 뭘 하고 있는지는 모르지만 일단 강렬하다는 것
은 나쁜 신호가 아니었다.

맞지 않으면 된다.

패는 것이야 좋은 것이지.

몇 놈 죽인다고 천지개벽이 일어나는 것도 아니고.

녀석이 작정하고 죽이려는 마음을 먹었다면 죽어도 크게
할 말이 없는 놈일 터였다. 물론 협사가 죽어나가는 중이라도
크게 대수로울 것도 없었다.

'흐흐, 어떤 놈일지 박살이 나고 있겠구나.'

손발이 뜻대로 움직이지 않는다는 것이 약하다는 것이 아
님은 이미 확인한 바였다. 도리어 살의를 품었다면 가장 빠르
고 효과적인 공격을 스스로도 모르는 사이에 끌어내니 마음
만 모질게 먹는다면 전혀 문제될 것이 없었다.

소요마선과 화운설은 영호선이 쫓기고 있고, 발작하듯 항마원 기재들을 죽였다고 했지만 지금 보니 전혀 고려할 가치도 없는 것이었다. 이렇듯 강렬히 마운천봉공을 끌어올릴 정도면 혈마환으로 인해 성향적인 영향을 받지 않을 것 같았기 때문이다.

광마혈성은 고개를 젓고는 내려놓았던 술잔을 입 안으로 털어 넣었다.

느긋하게 술병이 비워내고, 이어 한 병을 추가 주문했다.

주인장은 기다렸다는 듯 술병을 내오며 허리를 굽실거렸다.

"더 필요한 것이 있으시면 거침없이 말씀해 주십시오."

순간 광마혈성의 안색이 돌처럼 굳어졌다.

천선을 타고 전해오는 마운천봉공의 기운이 급격히 쇠하고 있었다.

뭔가를 끝내고 기운이 안정되는 것과는 확연히 구분되는 소멸의 신호였다.

주인장의 얼굴도 곧바로 사색이 되고 말았다.

"저, 저기… 죄송합니다."

주인장은 벌벌 떨었다.

공포스러운 심연의 눈동자를 지닌 손님이 자신을 눈으로 빨아들여 가둬 버릴 것만 같았다.

광마혈성이 벌떡 몸을 일으켰다.

"으아아악!"

주인장이 비명을 내지르며 엉덩방아를 찧었다.

그러나 벼락같이 무릎을 꿇고 머리를 바닥에 찧어댔다.

쿵쿵쿵!

"사, 살려주십시오. 무엇이든 하겠습니다. 목숨만 살려주
십시오."

하지만 광마혈성의 귀에는 아무것도 들리지 않았다.

광마혈성은 천선이 이어져 오는 한 지점을 응시하며 중얼
거렸다.

"당했구나."

광마혈성의 두 눈에서 기광을 뿜어냈다.

주인장은 머리를 박다 힐끗 올려다보고는 눈빛에 혼을 빼
앗기듯 그대로 혼절해 버리고 말았다.

광마혈성은 천천히 입구를 향해 걸음을 옮겼다.

"하하하하! 감히 내 제자를 건드리다니. 그래… 그
래……."

그런데 바로 그때였다.

'형님!'

"형님?"

광마혈성은 눈썹을 곧추세웠다.

외부에서 들려온 소리가 아니었다. 스며들 듯 머릿속을 목소리의 여운이 감돌았다.

익숙한 목소리.

어찌 잊을 수 있겠는가.

"너냐?"

'기다려도 기다려도 소식이 없더군요.'

"내가 가는 날이 네 제삿날이 될 줄 알아라. 이 망할 놈."

'하하하, 그야 각오하고 있던 바입니다.'

"갑작스럽게 머릿속으로 기어들어 온 이유가 뭐냐?"

'못난 아우의 제자 때문이지요.'

"얼굴 한번 들이밀지 않은 놈이 어디서 감히 사부 행세야!"

'아무 때나 불쑥 나타날 수야 없지 않습니까?'

"가면서 이야기하도록 하자. 상황이 여유롭지 않아."

'설마 죽기밖에 더하겠습니까?

"이 망할 놈, 못된 건 여전하구나. 한마디만 더 깐죽대면
무슨 수를 써서라도 네놈부터 손봐주고 말겠다."

'형님, 잠시 제 이야기를 들어주십시오.'

진중한 목소리에 광마혈성이 마음을 가라앉혔다.
검절이 농담이나 하자고 말을 걸어왔을 리 만무한 것이다.

*   *   *

아담한 방이었다.
고풍스러운 가구와 함께 한쪽 벽면에 벽을 화선지 삼아 산
수화가 수놓아져 있었다.
울긋불긋 단풍이 드리운 산야가 섬세히 묘사된 것이 화공
의 정성이 가볍지 않다는 것을 여실히 드러내고 있었다.
산 아래로는 단풍을 닮은 강물이 도도히 흐르고 있었다.

그건 강둑과 물줄기로 보아 분명히 강이 분명했지만 붉디
붉은 핏물로 이루어져 있었다.

수많은 시체가 피에 젖은 강을 타고 쓸려 내려가고, 위태로
운 모습으로 나룻배 한 척이 물살을 갈랐다.

벽화를 향해 손 그림자가 다가갔다.

손은 피의 강을 매만지고, 시체들을 어루만졌다.

그리고 이어 나룻배를 근처에 이르러 배의 뒤 물살을 노를
젓듯 수차례 쓸어내렸다. 그 손은 나룻배가 속도를 높여 강을
건너길 간절히 바라듯 점점 더 빨라졌다.

하지만 나룻배는 언제나처럼 그 자리에서 꿈쩍도 하지 않
았다.

언제나처럼.

수많은 시체 속에서, 피의 강물 안에서 그렇게 영원히 머물
고 있는 것이 나룻배의 운명이었다.

"그래, 이젠 새로운 그림을 그려야겠구나."

독선! 이제는 사황천주로서 모습을 드러낸 염불망은 나직
이 중얼거렸다.

저 나룻배에는 자신이 타고 있었다. 기억도 나지 않는 아이
의 모습으로. 그것을 잊지 않으려 벽화를 그리게 했다. 연약
해지려 할 때마다 벽화는 호통처럼 외쳐 댔다.

잊지 마라. 우리의 원한을, 피의 복수를!

염불망이라는 이름으로 그가 세상에 태어난 것은 정마대전이 마무리될 때였다.

잊지 마라. 그는 태어나면서부터 복수의 화신으로 정해져 있었다.

늦둥이였다. 그의 어머니는 해산 당시 사십오 세였다.

정마대전이 끝나가자 사황천은 안도했고, 그의 어머니도 마음을 놓았다.

하지만 안도의 한숨이 채 빠져나가기도 전에 무림맹의 기습이 이루어졌다.

그리고 이제 백 년이 넘는 세월 동안 염원해 온 숙원이 결실을 맺고 있었다. 뿌리를 단단히 내렸기에 열매는 어느 때보다 견실하게 열릴 터였다. 이제 수확의 기쁨만 남은 것이다.

무림맹의 견실한 기둥으로 독선의 길을 택한 것은 독이라는 특성상 전면에 나서지 않아도 되기 때문이었다. 그는 무림맹 내에서 세력을 형성하지 않고 동떨어져 유유자적했다. 가끔 필요할 때면 모습을 드러내고, 인자한 미소로 조력을 아끼지 않았다.

그 미소 속에 웅크려 하나둘 계획을 실천에 옮겼다.

세력을 형성하는 대신, 사람을 아예 갈아치우는 작업들이었다.

그것은 마도련에도 동일하게 적용했다.

무림맹과 마도련 속에서 사황천의 후예들은 전쟁을 부추기고, 그 누구보다 더 열렬히 싸울 것이다.

그들은 무림맹과 마도련이 뿌리 하나 남지 않을 때까지 자신의 몸을 아끼지 않고 불사르리라.

염불망은 벽화에서 돌아서 의자에 몸을 맡겼다.

마음 가득 포만감이 기분 좋게 온몸을 감싼다.

살아생전에 복수를 완수하게 된 것에 대한 희열이었다.

이젠 죽을 수 있다. 마음 편히 눈을 감을 수 있게 되었다.

가만히 눈을 감고 있으려니 인기척이 들렸다.

"장곽이 주군을 뵙습니다."

"들라."

문이 열리고, 등이 굽고 험악한 인상의 꼽추가 모습을 드러냈다.

피로함이 얼굴에 가득했지만 두 눈만큼은 기이한 열기로 번들거리고 있었다.

장곽은 무릎을 꿇고 엎드렸다.

"이리 와 앉아라."

장곽은 어깨를 떨었지만 그것도 잠시, 명을 따랐다.

"영호선은?"

염불광이 물었다.

"전신 심맥을 모조리 절단했습니다. 다시는 무공을 익히지 못할 것입니다. 하오나……."

"입이 무거운 아이였던 게냐?"

"죄송합니다."

장곽이 머리를 숙였다.

"어린 나이에 그만한 경지에 오른 것이라면 마음의 수련이 간단치 않았겠지. 예상했던 일이다."

"고문을 계속해 보겠습니다."

"소용없다. 심맥이 절단당하는 것보다 더 큰 고통이 어디에 있겠느냐? 영호선의 사부가 누구라 해도 그가 영호선을 찾기 전에 모든 일이 끝나 있을 것이다."

"삼노의 상태는 어떠하더냐?"

"걸어 다닐 수는 있으나 내상이 심해 무공을 회복하려면 족히 두 달은 요양해야 할 것으로 보입니다."

"하하하하!"

염불광이 크게 웃었다.

장곽은 무슨 연유인지 몰라 마른침을 삼켰다.

"두 달이면 푹 쉴 수 있는 시간이로구나. 심검에 이르렀다고 고했으니 죽지 않는 것을 천운이라고 해야 할지도 모르겠다."

장곽은 그제야 이해했다는 듯 얼굴 가득 송구스러운 표정을 지었다.

"삼노의 착각이 아니었다면 내가 나설 일도 없었겠지. 하지만 덕분에 영호선을 온전히 지켜볼 수 있었으니 나쁘지 않았다고 해야겠지. 영호선은……."

염불광은 말을 멈추고 잠시 창가로 시선을 던졌다.

그의 눈빛에 아련한 기운이 서렸다.

"…상징적인 존재가 될 것이다. 정도와 마도 어디에도 속하지 못하고 핍박 속에 죽어간 사황천의 모습처럼, 그 아이 또한 그렇지 않더냐."

잠시 침묵이 흘렀다.

장곽은 주군의 침묵에 동조했다.

창가에서 시선을 거두지 않고 염불광이 나직이 혼잣말처럼 말했다.

"항마원과 잠마원 아이들은 차질없이 준비해 두어라."

"속하, 명을 받듭니다."

횃불이 은은히 뇌옥 안을 비추었다.

구부정한 걸음으로 장곽은 통로를 따라 걸었다.

좌우로 쇠창살로 막힌 감방에 이르렀을 때 장곽은 비로소 걸음을 멈췄다.

감방은 총 여섯 개였다.

그는 눈동자를 굴리며 감방들을 훑어나갔다.

항마원 기재 한 명과 잠마원 기재 한 명, 이렇게 한 쌍씩 한 곳에 가둬두었다. 혹시나 벌써부터 서로를 물고 뜯으며 살육이 펼쳐지지 않았나 염려했으나 기우에 불과했다.

"다행이구나, 다행이야."

장곽은 흐뭇하게 미소를 머금었다.

서중휘와 초이량, 모용화와 유은령, 양빈과 독상군, 남궁추와 청당, 황보청우와 소묘희가 짝을 이루고 있었다.

"영호선! 영호선은 어디에 있지?"

유은령이 창살에 매달리며 물었다.

다른 기재들도 창살 쪽으로 다가와 있었다.

그들 모두 장곽의 입이 열리길 기다렸다.

"영호선은 살아 있다."

"흐흑……."

유은령이 어깨를 들썩이며 흐느꼈다.

복도 안쪽의 인기척을 향해 수없이 물었으나 아무 대답도 얻지 못해 얼마나 노심초사했는지 모른다.

장곽은 통로 끝의 두터운 철문을 보며 말을 이었다.

"무사하지. 아무렴 그렇고말고. 하지만 그 아이가 무사히 이곳에서 살아나가느냐는 너희 손에 달려 있다."

"그게 무슨 뜻이냐!"

서중휘가 소리쳤다.

장곽이 서중휘를 향해 희미하게 웃음을 지었다.

"영호선을 구하고 싶으냐?"

"그렇다."

장곽의 시선이 다시 같은 방에 갇혀 있는 초이량을 향했다.

"너 또한 영호선을 구하고 싶으냐?"

"물론이다, 이 죽일 놈아!"

초이량이 당장에라도 찢어 죽일 듯 노려봤다.

"하하하하! 좋구나, 좋아. 정도와 마도 모두가 영호선을 살리고자 하는구나. 이보다 복받은 자가 어디에 있을꼬."

장곽은 진심으로 기뻤다.

"영호선이 저 철문을 열고 나오려면 너희는 서로 목숨을 걸어야 할 것이다."

장곽이 손으로 통로 끝의 두터운 철문을 손으로 가리키며 말을 이었다.

"내일부터 너희는 지금 함께 수감된 서로를 향해 칼을 겨눌 것이다. 한 사람은 살고 한 사람은 죽게 되겠지. 너희의 아비와 형제들이 목숨을 걸고 전쟁에 뛰어든 마당이니 너희가 뒷짐만 지고 있어서야 되겠느냐? 너희는 너희만의 정마대전을 치를 것이다. 그리고 거기에서 살아난 사람이 영호선과 함께 이곳을 나가게 될 것이다. 식사를 든든히 해두어라."

모두가 충격에 사로잡혀 아무 말도 못하고 망연자실 장곽을 바라봤다.

장곽이 돌아서 나갈 때까지 그들은 정신을 차리지 못했다.

"내게 말해줘."

벽에 등을 기대고 무릎에 머리를 숙인 채로 유은령이 물었다.

"영호선은 항마원에서 어떻게 지냈지?"

모용화는 맞은편 벽에 기대고 있었다.

그것은 마치 서로 양립할 수 없는 정도와 마도의 줄일 수 없는 간극처럼 보였다.

"좋은 사람이었어. 좋은 사람……."

"어떻게?"

유은령의 목소리는 들릴 듯 말 듯 힘이 없었다.

"항상 웃었지. 여러 사람에게 용기를 북돋워주고, 항상…얻어맞았어. 그러면서도 늘 죄송하다고 말하기도 했고."

모용화의 잔잔한 음성이 뇌옥 안에 울려 퍼졌다.

모두들 몸이 노곤해 누구는 벽에 기대고 누구는 모로 누워 있었지만 잠을 청하는 사람은 아무도 없었다. 그들은 꼼짝도 않고 두 사람의 대화를 듣고 있었다.

"그랬구나. 항상 웃었다니… 믿기지 않지만 그 모습이 보고 싶다."

"잠마원에선… 어땠어?"

"항상 화냈어."

"하아, 상상이 안 돼."

"그래서 다들 무서워했어. 밥도 많이 먹고, 뭐든 잘 먹었어. 피까지 빨아 먹을 정도였거든."

"정말?"

"그래. 하지만 난 그런 영호선이 좋았어."

"왜냐고 물어도 돼?"

"모르겠어. 남들은 다 사악하다고 하는데 난 도리어 그게 순수해 보였던 걸까?"

유은령이 흐르는 눈물을 소맷자락으로 훔쳤다.

잠시 침묵이 흘렀다.

먼저 입을 연 것은 모용화였다.

"혹시… 영호선이 잠마원에서 동료를 죽인 적 있어?"

"……"

유은령이 말이 없자, 모용화가 혼잣말처럼 중얼거렸다.

"그렇구나. 잠마원에서는 서로 죽일 수 있다는 말을 들어서 알고 있었어."

"아니야. 영호선은 아무도 죽이지 않았어. 그러고 보니 신기한 일이야."

"아, 그렇구나."

"괴롭히긴 했지만… 혈마환 때문이었거든."

"혈마환?"

"마성을 폭주시키는 작용을 해. 그런데도 아무도 죽이지 않았으니 신기한 일이긴 하지."

"그럼 영호선이 잠마원에 가게 된 것이 혈마환 때문이었던 거야?"

"그래. 그런데 어느 날 혈마환을 이겨낸 거야. 그리고 떠났어. 있어야 할 곳이 아니었던 거지……."

유은령의 뒷말이 흐려졌다.

모용화가 한숨을 내쉬었다.

"우리도 오해했었어. 이리저리 편히 쉴 곳 없이 초조해하고 있는 것은 전혀 알지 못하고 말이야."

유은령이 흐느끼지 시작했다.

모용화도 소리없이 눈물을 흘렸다.

적막한 감옥에 서글픈 울음소리가 고요히 퍼져 나가 모두를 괴롭혔다.

영호선은 그들을 구하기 위해 발버둥 치다 결국 치명상을

입고 말았다. 그리고 이제 그들은 마도와 정도라는 이름으로
갈라져 있지만 그저 이웃한 친구와 같은 이를 향해 검을 겨눠
야 했다.

살아남기 위해서, 영호선을 구하기 위해서…….

*　　　*　　　*

두터운 철문 안쪽에는 한 마리의 짐승이 신음하고 있었
다.

덫에 걸려 요동치다 그것마저 지쳐 애달픈 소리를 발하며
꿈틀대는 것처럼, 소금에 저려진 지렁이가 비틀어대는 것처
럼 그렇게 영호선은 꿈틀거렸다.

이 순간 영호선은 지옥을 떠올리고 있었다.

도대체 나란 인간은 얼마나 많은 죄를 지은 것일까?

온몸으로 수백 개의 뾰족한 대나무가 살을 파고드는 것 같
았다. 고통이 줄어드나 보다 싶으면 다시 새로운 대나무로 교
체라도 하는 것처럼 형용하기 힘든 고통이 찾아왔다.

"제발… 날… 죽여줘……."

영호선은 아직 살아 있다면 부디 죽기를 바랐고, 또 이미
죽은 것이라면 온전히 존재 자체가 소멸되길 원했다.

"잠마… 항마……."

입으로 불러도 목소리는 나오지 않았지만 영호선은 잠마
와 항마를 불렀다.

놈들은 어디로 간 것일까?

그 수다스러운 소리와 진중한 목소리 그 무엇도 들을 수 없
었다.

"제발 나타나… 내게 힘을 줘……. 내가 죽을 수… 있게 날
도와줘……."

第九章
심검

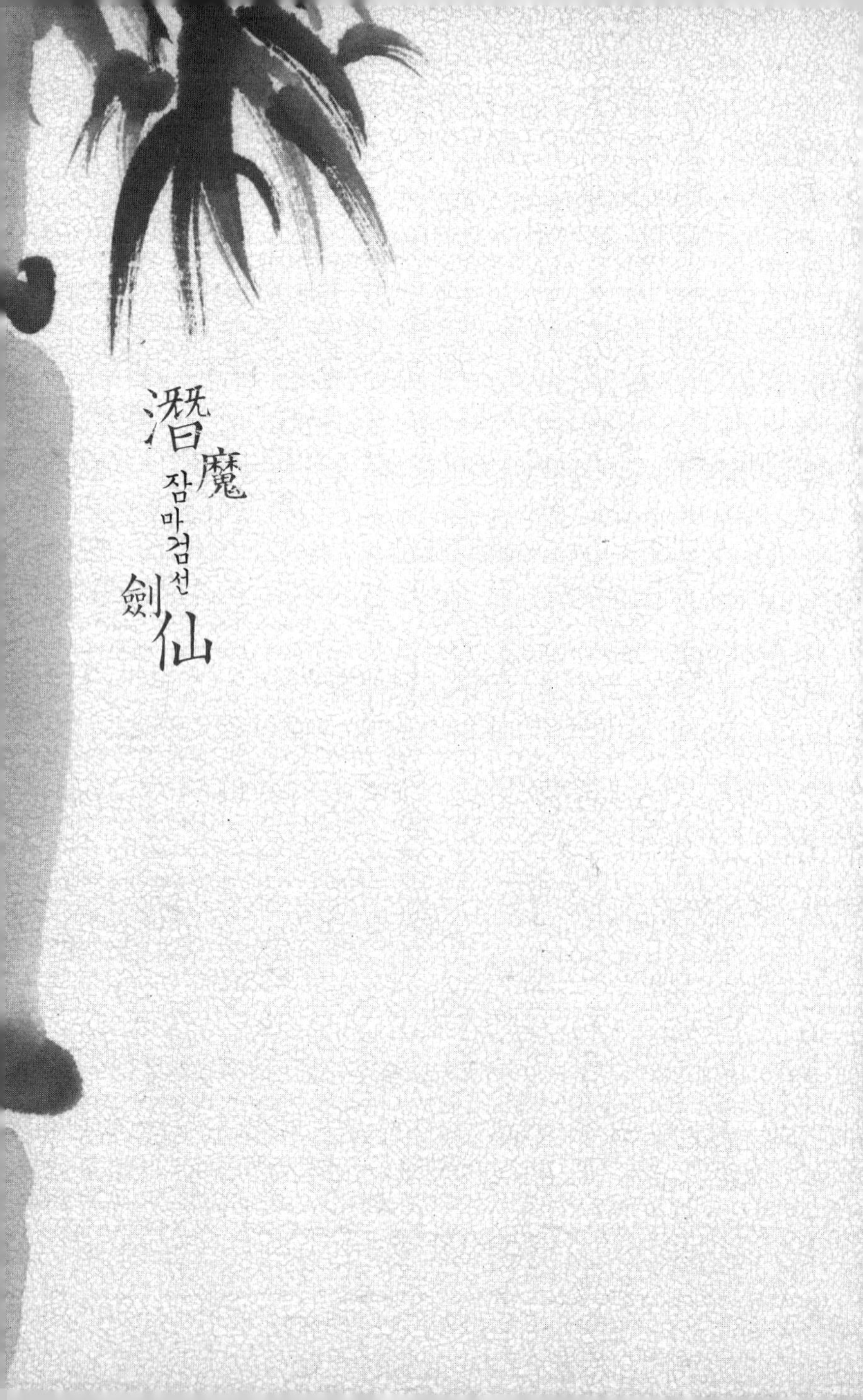

潛魔劍仙

잠마검선

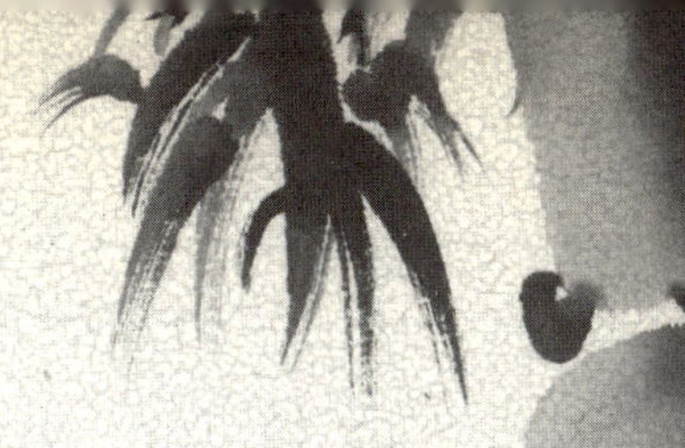

정오를 막 넘긴 시간, 한낮의 따가운 햇살이 대지 삼백여 평의 연무장을 강타했다.

연무장 주변으로는 백여 명의 사황천 고수가 삼면을 둘러싸고 있었다. 그리고 전각을 등지고 사황천주 염불망과 장곽, 그리고 삼노가 나란히 의자 위에 앉아 있었다.

작은 정마대전을 지켜보기 위함이었다.

제일 먼저 생사를 결하는 대결에 불러온 것은 모용화와 유은령이었다.

두 사람은 간밤에 오랜 친구인 양 대화를 나누었지만 지금은 서로를 죽여야만 살아남을 수 있는 자리에 초대받았다.

십여 장의 거리를 두고 마주 선 채 살기를 흉흉하게 품어내고 있었지만 그것은 서로에 대한 것이 아니라 사황천주를 향한 것이었다.

장곽이 자리에서 일어났다.

"허튼수작을 부릴 생각은 말아라. 너희의 검이 이쪽을 향하는 순간 영호선이 죽게 될 테니까. 서로에게 부상을 입힌 것으로는 끝나지 않는다. 반드시 상대의 목숨을 끊어야만 비무는 끝날 것이다. 상대의 심장이 멎을 때까지 수단과 방법을 가리지 않고 싸워라. 전장에서 마주친 것처럼 말이다. 자, 시작하라."

모용화와 유은령은 서로를 바라봤다.

두 사람 모두 검을 뽑지 않았다.

한 사람을 살리기 위해 다른 한 사람을 죽여야 한다.

지난밤은 짧았지만 두 사람은 친구가 될 수 있음도 알고 있었다. 정도니 마도니 하는 것은 아무것도 아니었다.

모용화가 사황천주 염불광 쪽으로 몸을 돌렸다.

그녀는 무릎을 꿇고 머리를 숙였다.

"이제 알겠습니다. 당신께서 원하는 것은 깨달으라는 뜻이겠지요."

모용화의 목소리는 정중했다.

사황천주 염불망의 얼굴에 이채가 떠올랐다.

모용화가 말을 이었다.

"모두 같은 사람이란 것, 사황천의 고통이 어떠했는지도 이해합니다. 제가 정도와 무림맹을 대표할 순 없지만 부디, 부디 용서하세요."

"하하하하하!"

염불망이 크게 웃음을 터뜨렸다.

그러나 그의 두 눈에는 슬픔이 안개처럼 스멀거리며 피어났다.

"아이야, 네게 진심이 느껴지는구나. 그 마음이 노부의 가슴에 와 닿는다."

모용화가 고개를 들어 사황천주 염불망을 바라보았다.

염불망은 천천히 머리를 젓고 있었다.

"그러나 누구든 이런 상황에 처하면 깨달을 수 있단다. 과거 무림맹은 망설임이 없었지. 난 그들로부터 단호함을 배웠다. 한마디의 말로는 그들을 멈출 수 없었지. 전대의 아픔이 내게 계승되었듯 너희는 전대의 과거 속에서 자라지 않았느냐? 강호의 은원은 죽음을 목전에 두고 살려달라고 빌어도 그 순간엔 아무것도 들리지 않는 법이란다."

염불망은 장곽을 향해 손을 들어 보였다.

장곽이 머리를 숙여 답하고, 좌측에 시립하고 있는 무사를 향해 말했다.

"항마원과 잠마원 아이들 한 명씩을 데리고 와라."

장곽은 이어 모용화를 보며 싸늘하게 말했다.

"너희가 여전히 주저한다면 너희 목전에서 두 놈을 죽이겠다. 망설임이 길면 길수록 아무것도 해보지 못하고 차례로 죽어나가겠지. 그것이 너희가 원하는 것이라면 그대로 이루어질 것이다."

*　　*　　*

영호선은 더 이상 꿈틀대지 않았다.

극한의 고통이 온몸을 후벼 팠지만 힘을 모아야 했다.

내력을 끌어올리는 것이 아니었다. 단전은 텅 비었고, 기의 흐름은 온데간데없이 종적을 감추었다.

그저 오른손에 한 가닥 힘만 모아지면 그것으로 충분했다.

"조금 더… 조금 더……."

영호선은 엎드린 채로 오른손을 바라봤다.

아직 살아 있으니 한 줌의 기운은 끌어낼 수 있으리라.

그리고 그것으로 끝이다.

고통을 끝내는 것이다.

후회도, 미련도, 절망도 없었다. 그건 지금의 영호선에겐 사치스러운 감정들이었다.

오로지 마음을 가득 메운 것은 절대적으로 죽음에 대한 간절함이었다.

손아귀에 서서히 힘이 고여 들었다.

그래, 이 정도면 충분하다.

영호선은 손을 끌어 목으로 가져갔다.

이 고통이 끝난다는 생각에 기묘한 희열이 피어나 영호선의 두 눈에 광기가 어렸다.

귀 아래쪽 목에 손톱을 박아 넣었다.

"으아아아악!"

비명처럼 소리를 내지르며 영호선이 목줄을 잡아 뜯었다.

경동맥이 살과 함께 뜯겨져 나갔다.

피가 분수처럼 솟구쳤다.

기다렸다는 듯 피가 쏟아져 나오자 영호선은 비로소 미소를 지었다.

"그래, 이제 끝이야."

피가 썰물처럼 빠져나가며 바닥을 흥건히 적셨다.

그로 인해 온몸을 갈가리 찢어발기듯 하던 고통이 희미해지기 시작했다.

온몸이 나른해지고, 눈이 저절로 감겼다.

이십 년도 채 못 살았지만 이백 년은 산 것 같다.

이 정도면 충분했다.

의식을 잃은 영호선의 목 줄기에서 피가 약숫물이 흘러나오듯 졸졸 거리며 새어 나왔다.

*　　　*　　　*

화운설은 넋 나간 표정으로 광마혈성을 바라보고 있었다.

술이 깨고 정신을 차린 것은 한참이나 지나 있었다.

그녀는 결코 원치 않았지만 자신이 술에 취해 지껄인 헛소리들을 모조리 기억하고 있다는 것을 저주하며 안절부절못했으나 다행히 그에 대한 추궁은 아직 받지 않았다.

대신 사부의 괴이한 행동이 무슨 이유 때문인지 알 수 없어 새롭게 전전긍긍했다.

사부가 객방 중앙 바닥에 가부좌를 틀고 앉은 지도 어느덧 일식경이 지나가고 있었다.

몸을 휘감은 금빛의 서광 속에 사부는 죽은 듯 미동조차 없었다.

"곁을 지켜라. 무슨 일이 벌어지더라도 놀라지 말고 기다려라."

사부는 단지 이 말만을 던지고 덥석 운기행공에 들어간 것
이다.

그녀가 의문을 가진 것은 당연했다.

사부가 지닌 일신의 무위는 이미 사람의 영역이 아니었다.

굳이 번잡스럽게 호위까지 붙여가며 운기행공을 할 수준
이 아닌 것이다. 걷고, 먹고, 마시고, 자는 중에도 운기는 저
절로 이루어진다. 이미 자신이 그러한 지경에 이르렀기 때문
에 누구보다도 잘 알고 있었다.

그럼에도 이토록 심각한 분위기가 이루어지고 있는 것이
다.

선계의 신선들하고 싸우기라도 하겠다는 것인가?

엉거주춤 선 채로 멍청하니 입을 벌리고 바라보던 화운설
의 눈동자가 한순간 부릅떠졌다.

용이었다. 용이 승천하고 있었다.

몸을 휘감던 금빛 광망이 용의 모습처럼 길게 늘어나는가
싶더니 순식간에 천장을 뚫고 사라졌다.

화운설은 마른침을 삼켰다.

"사, 사부님……"

코 밑에 손가락을 댈 필요도 없었다.

화운설은 사부가 숨을 쉬지 않는다는 것, 심장이 더 이상
뛰지 않는다는 것을 알아차렸다.

무슨 일에도 놀라지 말라는 말이 없었다면 화운설은 부르 짖고 말았을 것이다.

"돌아오실 거죠, 사부님……?"

＊　　　＊　　　＊

'지금입니다.'

광마혈성은 검절의 음성이 떨어지는 순간 시공을 이탈했 다.

낯선 풍광이 정신없이 지나갔다.

정확히는 풍광이라고 할 수 없었다.

오색찬란한 빛의 세계였다.

아름답다기보단 정신 사나울 지경이었다.

그 와중에도 광마혈성은 화운설이 어리석게 굴지 말아야 할 텐데 하는 생각을 떠올렸다. 몸을 건드리면 이 일은 수포 로 돌아가고 만다. 자신도 치명적인 해를 당한다. 한 번 더 윽 박지를 걸 그랬나 보다 생각할 때, 정경이 확 달라졌다.

하얀 세계였다.

하늘도 없고, 땅도 없었다. 눈에 보이는 건 모조리 하얀색 이었다. 그럼에도 바닥을 딛고 선 느낌이 든다는 것이 희한할

지경이었다.

"설국(雪國)이로구나. 어울리지 않아."

'가장 안쪽이니까요.'

검절이 응답했다.

광마혈성은 그다지 좋은 기분은 아니었다.

다른 인간, 그것이 비록 호감을 가진 인간이라고 할지라도 무의식의 골짜기로 들어왔다는 것이 찜찜했다.

"난 영호선 그 녀석이라면 핏빛으로 범벅이겠거니 했다. 네 녀석 말대로 가장 안쪽이라면 말이야."

'새하얀 것은 그만큼 단순하다는 것이기도 하죠.'

"하긴 놈이 무식하긴 하지."

광마혈성은 클클거리며 웃었다.

걸음을 이리저리 옮겨보았다. 달라진 것은 아무것도 없었다. 새하얀 세계는 영원토록 그렇게 하얀 빛만 뿜어낼 것 같았다.

"그래서 내가 뭘 하면 되겠냐?"

‘형님, 잠시 기다려 주십시오.’

“놈이 죽으면 그땐 너부터 죽일 거야.”

‘하하, 그럴 리가요. 염려 마십시오. 말씀드렸다시피 그 아이는 저와도 인연이 가볍지 않습니다. 게다가 이곳에서는 시간의 개념이 없습니다.’

“흥!”
광마혈성은 콧방귀를 뀌었다.
사실 광마혈성은 천선을 따라 곧장 영호선을 향해 날아갈 생각이었다. 그걸 검절이 막고 아직 때가 되지 않았다고 설명하면서 전혀 예상치 못하게 영호선의 의식 깊은 곳으로 들어오게 되었다.
광마혈성이 고집을 접은 건 당연히 검절의 말이 타당했기 때문이다. 죽어간다는 것은 알고 있었지만 이대로 달려가면 목숨은 구할 수 있을지 몰라도 큰 경지에 이르는 길을 막는 것이 된다는 설명이었다.
사부 된 자로서 제자의 성취를 보고 싶은 것은 너무도 당연한 것이 아니겠는가.
순간, 새하얀 빛의 세계가 물결이 일 듯 출렁였다.

‘이제 나타날 겁니다.’

“혈마환?”

‘그렇죠. 고통이 극에 달해 스스로 목숨을 끊으려 했습니다. 체 내의 피가 대부분 빠져나가자 혈마환이 발동한 거죠. 경락이 모조리 끊어졌지만 결국 회복되고 맙니다. 그리고 지금 영호선은 마운천봉공을 운용할 수 없는 상태. 이번엔 잡아먹히게 되는 것이죠. 상상할 수 없는 마인이 세상에 나온다고 보시면 됩니다.’

전면에 스멀거리며 붉은 기운이 모습을 드러냈다.
그건 마치 붉은 비단 포대가 사람의 형체로 너울거리는 것 같았다. 머리부터 발끝까지 붉디붉은 그것이 지나는 곳마다 새하얀 세계를 붉은색으로 칠하고 다녔다.

‘일검에 천검을! 형님, 손을 쓰셔야 합니다.’

하지만 광마혈성은 벼락같이 고함을 내질렀다.
“뭐야? 왜 내가 네놈의 검법을 펼쳐!”

'제 것이 아닙니다. 형님의 것이죠. 제가 아니라도 결국 형님께서 펼치셨을 검법입니다. 점점 강해집니다. 늦으면 곤란합니다.'

"개수작하지 마라. 제자 놈 머리에서 나보고 우화등선을 하라는 것이냐!"

'아닙니다, 아닙니다. 이곳은 영호선의 세상입니다. 형님이 무엇을 하시든 그것은 영호선이 하는 것이 됩니다. 제 이름을 걸고 맹세할 수 있습니다.'

"그럼 네놈이 하면 되잖아."
어느새 붉은 빛이 절반가량 잠식해 들어갔다. 가공할 기운이 붉은 빛깔과 함께 뿜어져 나왔다.

'제가 할 수 있었다면 형님께 말씀드리지도 않았을 겁니다. 이 세상에 남은 자 중에서만 가능하고, 그리고 세상에서 이 일을 할 수 있는 것은 형님밖에 없습니다. 형님, 더 지체하면 큰일이 벌어지고 맙니다.'

"이 망할 놈, 두고 보자. 헛소리면 가만두지 않겠다."

어떻게 해야 할 것인지는 고민할 필요도 없이 그냥 떠올랐다.

광마혈성은 악을 쓰듯 한마디를 외쳤다.

"검!"

오른손을 들자, 금빛 광채가 찬연한 검이 형상을 갖추며 만들어져 갔다.

광마혈성은 검을 사선으로 비껴 내렸다.

스윽!

검을 쳐올리며 일검을 날렸다.

천 개의 빛살이 뿜어져 나와 핏빛의 공간이 금빛 광망으로 가득 채워졌다.

"끄아아악!"

소름 돋는 음향을 동반하며 붉은 그림자가 금빛 광망을 뚫고 다가왔다.

광마혈성은 일견하는 것으로 다가오는 붉은 그림자를 무시했다. 대신 자신의 몸을 살폈다. 지하 동부에서처럼 빛에 휘감기는 것은 아닌지 의심스러웠던 것이다. 하지만 검절이 거짓말을 한 것은 아닌 모양이었다.

"끄아아악!"

붉은 그림자가 눈앞까지 다가와 팔이라고 생각되는 부분

을 뻗었다.

광마혈성은 차갑게 한마디를 던졌다.

"꺼져, 이 새끼야!"

이미 끝났다는 것을 알고 있었던 것이다.

붉은 그림자는 모래가 부서져 내리듯 금빛 광망에 의해 산산이 흩어졌다.

다시 세계는 눈이 부실 정도로 새하얀 빛으로 돌아왔다.

'하하하, 언제나처럼 여유가 넘치시는군요.'

"그럼 된 거냐?"

'물론이죠. 비록 검격을 펼친 것은 형님이나 이곳이 영호선의 세계인만큼 그 아이는 이미 마운천봉공과 검법의 극에 이르렀습니다. 무의식의 공간에서 그 아이는 마운천봉공과 검격을 스스로 펼친 셈이니 형님으로선 가장 빠르고 간단히 전수한 셈입니다.'

"그놈이 멍청해도 운 하나는 좋은 놈이군."

'그만큼 역경을 겪기도 했으니까요.'

“시끄럽다. 더 있어야 하는 것이냐?”

‘하하하! 있고 싶으시다면야.’

“헛소리.”

‘오래 머물지 마시고 올라오십시오. 이 아우는 그날을 기다리
고 있겠습니다.’

“흥!”
순간 광마혈성은 왔을 때의 오색찬란한 빛 무리 속을 지나
치고 있었다.

*　　*　　*

“사, 사부님……”
화운설은 더듬거렸다.
갑자기 숨이 끊어진 사부가 금빛 광휘에 휘감기더니 이내
눈을 번쩍 떴기 때문이다.
사실 심장이 멈추고 호흡이 끊어진 것은 손가락으로 열을

헤아리는 시간에도 미치지 못했다. 하지만 비록 짧은 시간이었을지라도 그녀의 놀라움은 가벼운 것이 아니었다.

광마혈성은 자리를 털고 일어나 머리를 설레설레 저었다.

해로울 것 없는 여행이었지만 그렇더라도 다시 하고 싶은 기분이 들진 않았다. 남의 머리통 속으로 들어갔다 나오다니. 제기럴.

"사부님……."

화운설이 설명을 요구하는 어조로 광마혈성을 불렀다.

"닥쳐라! 아무것도 묻지 마라. 입만 벙긋해도 죽여 버릴 테다. 캬악! 퉤!"

방바닥에 침까지 뱉어낸 광마혈성 앞에 화운설이 입을 굳게 다물었다.

*　　*　　*

제물로 끌려온 것은 초이량과 서중휘였다.

두 명의 무사가 거칠게 꿇어앉히고, 곧바로 검을 뽑아 목에 가져다 댔다.

유은령과 모용화는 누가 먼저랄 것도 없이 눈물을 흘렸다.

"다섯을 세도록 하겠다. 그때까지 공격하지 않는다면 너희
가 동료를 죽이는 것이다."

장곽이 목소리를 높여 말했다.

"하나!"

모용화가 검을 붙들었다. 하지만 손만 부들거릴 뿐 검을 뽑
진 못했다.

"둘!"

사황천주 염불망이 흥미롭다는 듯 몸을 앞으로 당겼다.

그의 얼굴엔 미소가 가득했다.

"셋!"

유은령이 모용화를 응시하다 초이량에게로 시선을 돌렸
다.

"넷!"

스릉!

유은령이 결국 검을 뽑았다.

장곽의 구령이 멎었다.

그때까지 모용화는 검만 부여잡고 있을 뿐이었다.

유은령이 어깨를 떨며 흐느끼기 시작했다.

"미안… 미안해……."

모용화를 바라보고 있지 않았다. 유은령은 구름 한 점 없는
푸른 창공을 올려다보고 있었다.

마치 하늘에 떠 있는 누군가를 향해 말하는 것 같았다.

유은령이 손가락을 튕겨 검을 역으로 쥐었다.

그것의 의미는 명백했다.

"안 돼. 그러지 마."

모용화가 울부짖고 달려가려 했지만 어느새 뒤쪽에 서 있던 한 중년인에 의해 제지당했다.

유은령은 두 눈을 감고 검을 거꾸로 세우고 심장을 겨냥했다.

사황천주도 의자에 등을 기대고 지그시 눈을 감았다. 방금 전의 미소는 어디에도 없었다.

깊은 정적 속에서 시간이 멈춘 것 같았다.

"미안… 영호선……"

유은령이 검을 심장으로 밀어 넣었다.

바로 그때였다.

챙!

유은령의 검이 맑은 음색과 함께 손에서 벗어나 허공을 회전하다 땅에 박혔다.

뜻밖의 상황에 사황천주 염불망과 수뇌들, 그리고 빙 둘러선 무사들이 주위를 둘러봤다.

유은령이 검을 던진 것이 아니었다. 누군가 비수나 또 다른 무언가로 검을 튕겨낸 것이다.

손뼉도 마주쳐야 소리를 내듯 검 하나로 소리를 낼 수는 없
는 노릇이다.

그러나 그들은 아무것도 볼 수가 없었다.

사실 무언가 날아와 유은령의 검을 쳐낸 것의 그림자조차
볼 수가 없었다.

유은령도 어리둥절하긴 마찬가지였다.

분명히 누군가 도움의 손길을 뻗었다. 검을 놓칠 정도의 충
격에 손아귀가 아직도 얼얼했던 것이다.

"누구냐?"

장곽이 웅혼한 내력을 실어 외쳤다.

"윽!"

"컥!"

풀썩!

짧은 신음성과 함께 초이량과 서중휘의 목에 검을 들이대
고 있던 두 무사가 맥없이 쓰러졌다. 그러나 여전히 사람의
그림자는 어디에서도 찾아볼 수 없었다.

모두가 이 이해할 수 없는 상황에 넋이 나갈 지경이었다.

그 순간 한줄기 호탕한 웃음이 장내를 뒤흔들었다.

"하하하하하!"

웃음소리는 사방에서 들려왔다.

사황천주 염불망의 안색이 돌처럼 굳어졌다.

쿵!

빛살이 번쩍하는가 싶더니 땅을 울리는 소리와 함께 한 사람이 유은령과 모용화 사이에 모습을 드러냈다.

그는 혈인이었다. 얼굴부터 발끝까지 피로 적셔져 있었다.

"영호선!"

제일 먼저 알아본 건 유은령이었다.

그녀는 영호선이 자신을 또다시 구한 것에 대한 기쁨과 핏물에 절여지다시피 한 모습에 기쁨과 안타까움에 한달음에 달려가 끌어안았다.

"유은령, 피 묻으니까 떨어져. 아, 그리고 왜 혼자 멋대로 죽으려 드냐? 잠마가 조금만 늦었어도 어쩔 뻔했어!"

"잠마?"

유은령이 끌어안은 채로 영호선을 살짝 올려다봤다.

"그런 게 있어."

곁으로 한달음에 달려온 잠마가 버럭 소리를 내질렀다.

'그런 거라니! 이 자식이!'

영호선은 유은령을 떼어내고 사황천주를 향해 돌아섰다.

피로 얼룩진 얼굴에 미소가 떠올랐다.

"자, 이제 새롭게 시작해 봅시다."

　　　　*　　　　*　　　　*

　영호선은 죽었다고 생각했다.

　그렇지 않고서야 고통이 씻은 듯 사라지고 기운이 넘쳐 나는 것을 설명할 도리가 없었다.

　아마 이승에서 고생했다는 이유로 저승에서는 좋은 곳으로 가게 되나 보다고 생각할 정도였다.

　하지만 곧바로 들려온 목소리에 어리둥절해지고 말았다.

　‘멍청한 놈!’

　‘하하하하!’

　그것은 그 어떤 목소리보다 더 듣고 싶은 목소리였다.

　“너희들!”

　잠마와 항마였다.

　“어떻게 된 거냐?”

　대답은 항마가 했다.

　‘두 분 사부님이 다녀가셨습니다.’

　“두 분? 형산에서 이곳으로?”

　‘검절 사부님께서 오셨습니다.’

　“웅?”

　항마는 무의식의 영역에서 벌어졌던 상황을 설명했다.

　이야기를 들으며 영호선은 점점 입이 벌어져 거의 귀까지

닿을 지경이 되고 말았다.

정녕 듣고도 믿을 수가 없었다.

지금 상황도 그저 꿈인가 싶을 정도였다.

영호선이 전혀 인지하지 못한 것은 당연했다.

잠마와 항마는 무의식의 영역에서 겉으로 드러난 존재이기에 그 모든 상황이 현실과 다를 바 없었지만 영호선에겐 너무도 깊숙한 안쪽이었다.

목을 매만져 보니 살을 뜯어냈던 상처가 언제 그런 일이 있었냐는 듯 흔적조차 만져지지 않았다.

항마는 무공이 완성되었다고 했다.

영호선은 그것을 느끼고 있었다. 무엇이든 할 수 있을 것 같았다.

뜻을 세우면 이루어진다.

그런데 이해가 안 되는 부분도 있었다.

"가만, 혈마환이 뿌리째 뽑혀 나갔는데 네놈들은 왜 다시 나타난 거냐?"

그랬다. 잠마와 항마는 과거 자신의 성향을 대표하고 있었다. 지금의 자신은 더 이상 과거 속에 얽매일 필요도 없고, 그중 하나를 선택해야 한다는 강요를 당할 입장이 아니었다.

항마가 빙긋 미소를 머금었다.

잠마는 입술이 비틀렸다.

"뭐야, 그 반응들은?"

뚱하니 영호선이 묻자 항마가 답했다.

'원했기 때문입니다. 마음이 원하고 있었어요. 아, 정이 들었다고 해야 할까요.'

영호선이 입을 쩝쩝 다셨다.

"제길, 난 싫은데."

'멍청아, 나도 네놈이 제일 싫어.'

잠마가 눈을 부라렸다.

그때 영호선은 마음의 울림을 느꼈다.

그 순간 잠마가 빛살이 되어 날아갔다.

잠마가 공간을 가르고 나아가며 보는 것, 삽시간에 뒤로 밀려나는 정경이 한눈에 들어왔다.

'우리도 가자.'

항마가 고개를 끄덕이고 두터운 철문을 향해 장력을 뻗었다.

쾅!

철문이 나무판자처럼 넘어갔다.

영호선은 놀라지 않았다. 너무도 당연했다.

"항마, 이곳을 부탁해."

'물론입니다.'

영호선이 빛살이 되어 감옥을 벗어나자, 항마는 뇌옥 문을 잘라냈다.

물론 그 안에 갇혀 있던 기재들은 왜 문이 잘려 나가고 저절로 열리는지 영문을 알 길이 없었다.

第十章
계획

潛魔劍仙

잠마검선

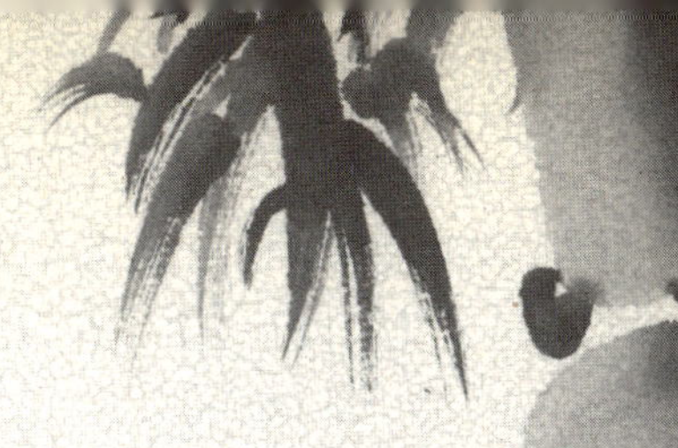

사황천주 염불망이 명령을 내리기도 전에 사황천의 고수들은 분분히 영호선을 향해 신형을 날렸다.

그들은 영호선이 모든 경락과 심맥이 끊어지고 단전이 파괴되었다는 것을 알고 있었다. 그런데도 전혀 짐작조차 할 수 없는 무위를 보이고 있는 것이다. 왜라는 의문보다는 적을 제압하는 것이 우선이었다.

화유장에서 삼노를 도와 영호선을 공격했던 적염칠자와 사황비천대, 사황수호대 전원이 허공을 격하고 삼면에서 날아들었다.

일순 유은령과 모용화, 그리고 초이량과 서중휘의 눈에 두려움이 떠올랐다.

제아무리 영호선이 대단한 무위를 지니고 있다고 해도 백여 명에 육박하는 사황천의 절정고수들을 막기는 역부족일 것 같았다.

영호선이 세 방향을 마치 유람하듯 둘러보았다.

그것이 전부였다.

그들은 가공할 속도로 허공을 날아들었으나 저마다 한 지점에 이르러 머리며 어깨, 몸통을 부딪치고 바닥으로 떨어져 내렸다. 마치 술 취한 사람이 벽을 보지 못하고 마냥 길이 이어진 줄 알고 비틀거리며 걷다가 쿵 하고 머리를 부딪친 격이었다.

삼면에서 돌진하던 이들 중 삼십여 명이 그렇게 보이지 않는 강력한 철벽에 몸을 부딪친 순간 혼절해 버리고 말았다. 필살의 의지를 담고 몸을 날렸던 만큼 그들은 자신들의 힘을 고스란히 돌려받고 만 것이다.

앞선 선두가 나가떨어지자, 뒤따르던 이들은 투명한 벽을 향해 장력을 날리고 검을 들어 부수려 했다.

또 일부는 투명 벽 바깥에 놓인 초이량과 서중휘를 사로잡으려고 돌진했다.

초이량과 서중휘가 손을 쓸 필요는 없었다.

그들은 지근거리에 이르자마자 맥없이 쓰러졌다.

잠마였다.

초이량과 서중휘로서는 귀신이 곡할 노릇이었다.

두 사람으로서는 보이지 않는 장벽에 부딪쳐 나가떨어지는 것과 여전히 벽을 깨부수기 위해 온 힘을 다하는 모습, 그리고 가까이 다가오기만 하면 픽픽 쓰러져 가는 이들을 보며 이들이 마치 연극을 하는 것처럼 느꼈다.

그렇게 되자, 더 이상 초이량과 서중휘에게 그 누구도 다가서질 못했다.

유은령과 모용화도 잠시 어리둥절했지만 이내 환희에 사로잡혔다. 영호선은 당연한 일을 구경하듯 태연하기 짝이 없었다.

"영호선, 네가 한 거야?"

유은령이 들뜬 목소리로 물었다.

영호선이 씨익 웃었다.

"그럼 여기 나 말고 누구 있어?"

"대단해."

모용화가 다가와 순수한 감탄을 터뜨렸다.

영호선은 어깨를 으쓱해 보였다.

사황천주 염불망은 망연자실 하늘을 올려다봤다.

그의 입이 벌어지며 이내 허허로운 웃음이 흘러나왔다.

옆에 선 장곽은 낯빛이 죽은 시체처럼 변해 있었다. 꼽추인 그의 몸은 더욱 왜소해 보였고, 그대로 계속 굽어져 둥근 공처럼 말려 버릴 것만 같았다.

다시 그 옆으로 삼노가 자리를 하고 있었으나 내상을 입은 상태인 그들로서는 자리에 앉아 있는 것이 고작이었다.

자신들과는 비교할 수 없을 만큼 몸이 망가진 영호선이 어떻게 단 하룻밤 사이에 이러한 지고한 무위를 발휘하는 것이 눈으로 보고도 믿을 수가 없었다.

사황천주 염불망이 낮게 중얼거렸다.

"심검이로구나. 이것이 바로… 삼노가 제대로 봤던 게야."

영호선이 염불망을 향해 돌아섰다.

이제 상황을 마무리할 때가 되었다.

그때였다.

'응?

영호선은 불현듯 등 뒤로 강력한 위협을 느꼈다.

볼 순 없었으나 분명 거대한 강기의 폭풍이었다.

강기의 벽을 세운다고 해도 소용없을 만큼 파괴적인 기운이 담겨 있었다.

영호선은 유은령과 모용화를 잡아채고 번개같이 솟구쳐 올랐다. 사황천주의 머리 위를 넘어 그 뒤쪽 전각의 지붕 위였다.

쿠웅!

거대한 음향과 함께 대지가 진동했다.

화급히 돌아보니 땅에 일 척 정도의 구덩이가 파여 있었다.

모두들 이 갑작스러운 상황에 놀라움을 금치 못했다.

구덩이 옆으로 한 소녀가 내려섰다.

영호선은 어처구니가 없었다. 그녀는 화운설이었다.

얼마 전까지였다면 당혹을 금치 못했을 것이나 지금은 그
녀의 집요한 노력이 가상하기까지 해 그저 웃음만 나왔다.

유은령도 얼굴을 알아보았다.

"화운설이야!"

화운설은 지붕 위로 시선을 돌리더니 성질을 이기지 못하
고 오른발을 굴렸다.

쿵!

주변이 지진이라도 난 듯 흔들렸다.

"제길, 이제 죽이고 싶어도 죽일 수도 없게 되고 말았구
나."

"하하하하, 녀석아, 기회는 주었으니 딴소리 없기다."

호탕한 가운데 놀리는 것이 분명한 음성.

영호선은 흠칫 놀라 고개를 돌렸다. 느닷없는 목소리는 바
로 옆에서 들렸다. 영호선이 얼이 나가 눈을 부릅떴다.

영호선이 막 입을 벌리기도 전에 손이 날아왔다.

짜악!

영호선의 모가지가 사정없이 돌아갔다.

"이놈이 사부를 보고도 죽일 듯이 노려보네."

광마혈성이었다.

영호선은 뜻을 세우면 현실로 이뤄낼 수 있는 경지에 이르렀음에도 사부의 인기척은 물론이고 손을 막을 수 없다는 것에 끙 하고 신음 소리를 냈다.

이걸 아직 갈 길이 멀다고 해야 할지 애초에 닿을 만한 경지가 아닌 분이라고 인정해야 좋을지 모를 일이었다.

"제자 영호선이 사부님을 뵙습니다."

"쯧쯧, 몰골하고는. 아주 피에 절었구나. 분명 네놈의 피겠지?"

광마혈성은 영호선의 무의식의 영역에 들어가 있긴 했으나 겉모습을 본 것은 아니었기에 설마 이럴 것이라고는 생각지 못했다는 듯 짜증스런 얼굴을 했다.

"네, 어떻게 하다 보니……."

영호선이 계면쩍게 웃음을 지었다.

"멍청한 놈!"

곁에 있던 모용화가 의아한 시선을 던졌고, 유은령은 호기심 어린 눈을 반짝거렸다. 유은령은 잠마원의 한밤을 요란하게 깨운 그 목소리란 것을 알아차렸다.

[사부님, 화운설에게 기회를 주다니요? 화운설은 어떻게 아
세요?]

영호선은 전음으로 빠르게 물었다.

그녀가 사부와 함께 나타난 것도 의문이고, 화운설이 원통
하다는 듯 발을 구른 것이며, 사부가 화통하게 웃은 것도 이
해할 수가 없었다.

전음으로 물은 것은 그녀의 심기를 굳이 건드리고 싶지 않
았기 때문이다.

"네놈의 사저다. 내겐 첫째지."

광마혈성은 전음으로 장단을 맞추지 않았다.

그래도 그것대로 소개를 하는 모양새가 되었다.

"네?"

화운설의 나이며 배후가 대단할 것이라고 생각은 하고 있
었지만 사부가 거뒀다는 두 명의 제자 중 첫째일 것이라고는
상상조차 해본 적이 없었다.

"이 자식이 귓구멍이 막혔나 보네."

영호선은 흠칫 몸을 젖히는 시늉을 하고는 화운설을 향해
포권을 취했다.

"영호선이 사저를 뵙습니다."

화운설이 눈살을 찌푸리고 입술을 잘근잘근 씹었다.

그러나 이내 그 옆에 선 사부가 살짝 입꼬리가 비틀리는 것

을 보고 한숨을 내쉬었다.

"휴우, 그래, 운도 좋은 놈이지. 반갑다, 반가워."

사문의 회합마냥 사부라는 작자와 제자들은 주변 상황을 철저히 무시하고 인사를 건네고 감정을 토로했다.

이런 상황 앞에 사황천주는 절망에 사로잡혔다.

영호선 한 명조차 감당하기 어려운 상황에서 그토록 궁금해마지 않던 영호선의 사부까지 등장한 것이다. 거기에 첫째 제자라는 범상치 않은 소녀까지.

여전히 수하들은 투명한 벽을 뚫기 위해 갖은 애를 쓰고 있었지만 그것은 가능성이 없는 몸짓에 불과하다는 것을 잘 알고 있었다.

그는 체념하듯 눈을 감고 의자에 몸을 기댔다.

하지만 그의 절망적인 평안은 이내 산산이 부서졌다.

"거기, 너! 자냐?"

광마혈성이었다.

자는 것이 아니란 것을 알면서도 태연히 엉뚱한 소리를 내뱉는 것이야말로 광마혈성만의 화법이었다.

사황천주 염불광은 감은 눈을 뜨지 않고 미동조차 하지 않았다.

"아무래도 자는 척하는 것 같은데요."

영호선이 슬그머니 의견을 냈다.

"망할 놈이 감히 본좌의 제자를 건드리고 잠을 자네? 화운설! 저놈을 묻어라."

화운설이 일말의 망설임도 없이 염불광을 향해 신형을 날렸다.

곁에서 망연자실해 있던 장곽이 사황천주 앞을 가로막았다. 삼노도 내상이 심각했으나 억지로 몸을 일으켰다. 화운설이 오른손 검지로 장곽과 삼노를 가리켰다.

"꿇어라."

붉은 빛이 번쩍였다.

네 사람은 손을 허우적대면서 무릎을 꿇었다. 붉은 지풍이 그들의 무릎을 관통해 맥없이 주저앉은 것이다.

화운설은 그들의 머리 위를 스치듯 날았다.

죽은 듯 꿈쩍도 않던 사황천주 염불광이 눈을 번쩍 뜨고 벼락같이 장력을 날렸다.

화운설의 신형이 삽시간에 사라졌다. 그리고 다시 모습이 드러난 것은 염불광의 등 뒤였다.

그녀는 염불광의 뒷덜미를 움켜쥐었다.

염불광은 몸이 축 늘어져 도무지 아무런 힘도 쓸 수가 없는 것처럼 보였다.

화운설이 뒷덜미를 잡고 강기에 의해 무덤처럼 뚫린 구덩이에 사황천주를 던졌다.

흙은 덮는 것도 한순간이었다. 삽시간에 사황천주는 머리만 남긴 채로 땅에 묻혔다.

"주군이시여!"

사황천의 뭇 고수들이 강기의 벽 너머에서 절망적으로 외쳐 댔다. 그들은 미친 듯이 벽에 장력을 날리며 울부짖었다. 우리에 갇힌 짐승들이 몸을 들이받으며 야성을 드러내는 것처럼 포악하기 이를 데 없었다.

광마혈성이 눈살을 찡그렸다.

"시끄럽다!"

일갈에 조용할 리가 만무했다.

사황천의 고수들은 이미 제정신이 아니었다.

광마혈성이 혀를 찼다.

"쯧쯧쯧, 무슨 종교 집단도 아니고……."

그가 오른손을 치켜들었다.

그러자 금빛 광망이 허공으로 치솟았다.

펑!

높이 솟아오른 금빛 광망이 폭죽처럼 터지며 불꽃 파편이 쏟아져 내렸다. 그것들은 모조리 사황천 고수들의 몸에 꽂혀 들었다. 몇몇이 피하려고 신형을 날렸지만 파편은 추적이라도 하듯 따라붙었다.

그것이 전부였다.

그들은 그 자세 그대로 석상처럼 굳어버렸다.

"마무리는 네놈이 해라."

광마혈성이 영호선을 향해 말했다.

영호선은 잠시 놀라긴 했으나 이내 그들이 죽지 않았다는 것을 알 수 있었다. 사부는 자신이 죽일 수 있도록 배려(?)한 것이다.

"사부님… 저는 그들을 죽일 생각이……."

"그렇게 당하고도?"

"그들도… 불쌍한 자들이었습니다."

"미친놈."

하지만 광마혈성은 그럴 줄 알고 있었다는 듯 뺨을 때리거나 더 이상 추궁하지도 않았다.

서재의 주인은 머리만 남겨두고 땅에 묻혀 있었고, 그 대신 서재 주인의 생살여탈권을 쥔 사부와 두 명의 제자는 새로운 주인인 양 서재에 자리를 잡고 앉았다.

탁자 위에는 술병과 잔이 놓여 있었다.

화운설이 기민하게 움직여 술을 찾아낸 것이다.

원래대로라면 화운설이 친히 고귀하신 몸을 움직일 리가 없었지만 받들어 섬겨야 할 이가 경외의 대상인데다 마땅히 심부름을 해야 할 막내 사제라는 놈이 몸은 멀쩡할지는 몰라도 겉보기에는 피 칠갑을 하고 있었기에 불평불만을 늘어놓을 수도 없었다.

잔이 오가며 영호선은 그동안의 경과보고를 올렸다.

이야기의 시작은 광마혈성이 항마원을 떠난 뒤부터였다.

영호선은 보운장에서 항마칠단의 죽음에 대해 말할 때는 잠시 목이 메었다.

광마혈성은 입모양만으로 혀를 찼고, 화운설은 건성으로 듣고 있었다.

심리적 방황 끝에 괴이하게도 자신의 또 다른 환상체가 보이더니 결국에는 서로 간에 대화가 가능한 지경에 이르렀다고 말하는 부분에 이르자 광마혈성이 클클거렸다.

"그래서 이 사부가 늘 강조하지 않았냐. 네놈이 미쳤다고 말이야."

화운설이 고개를 빠르게 끄덕이며 곧바로 동조했다.

이어 이야기는 역용을 한 채로 화운설과 맞닥뜨린 부분에 이르렀다.

화운설이 영호선을 사정없이 째렸다.

그 눈은 '쥐새끼 같은 놈!', 혹은 '교활한 자식'이라고 말하고 있었다. 그때 끝까지 몰아붙이지 못한 아쉬움도 얼핏 엿보였다.

그러나 광마혈성은 연신 실실거렸다.

그에게 영호선이란 존재는 어디로 튈지 모르는 해괴한 인간이었다. 확실히 일반인과는 뇌 구조가 다른 것이다.

영호선은 이후 폐가에서의 상황과 잠마원 기재들을 구하기 위해 종남, 화산과 맞설 수밖에 없었던 상황을 읊어나갔다.

"흐음, 그러니까 그때 징조가 나타났던 거로군. 잠마와 항마라……. 아까 아이들 옆에 서 있던 놈이 잠마인 게냐?"

광마혈성이 입술을 삐죽 내밀고 물었다.

종남, 화산과 맞선 이야기 따위는 들으나 마나 한 소리라는 듯 한 방울의 관심도 없다는 투였다. 광마혈성은 진법 안에서 살아 움직이는 나무와의 대화를 의미 깊게 받아들이고 있었다.

영호선은 설마 사부가 잠마를 볼 수 있으리라곤 생각지도 못했던지라 놀라움을 금치 못했지만 금세 사부가 이미 신선이나 다름없으니 못할 게 무엇이겠는가 하며 수긍했다.

"네, 딱 잠마원에서의 제 모습이라서 잠마라고 부르게 되었어요. 사실 진법에 들어가기 전에 잠마가 나무를 베어 넘어뜨린 적이 있었어요. 그땐 뭐 이런 황당한 경우가 다 있는가 싶었다니까요. 그것이 심검의 전조일 것이라고는 꿈에도 생각지 못했으니까요."

"미련한 놈 같으니."

“쿵.”

영호선은 그 뒤 벌어진 일들을 설명했다.

가장 중요한 부분이기도 했다.

독선을 만나고, 독선이 실은 사황천주임과 과거 마정대전 때의 사황천의 애환에 대한 것이었다.

“참혹하게 죽어간 항마칠단을 생각하면 백번이고 죽이고 싶지만 만약 제가 전대의 사황천주의 아들이었다 해도 원한을 잊을 수 없을 것 같았습니다. 방법은 달라졌을지 몰라도요.”

“그래서?”

광마혈성이 툭하고 내뱉었다.

“제자는 사황천주를 설득해서 현재 벌어지고 있는 마정대전을 지금이라도 막고 싶습니다.”

영호선의 어조는 어느 때보다 진중했다.

화운설이 광마혈성을 바라보며 말했다.

“사부님 말씀대로 확실히 미련한 놈이네요.”

광마혈성이 건달처럼 고개를 끄덕였다.

“그래, 너도 이제 사람 좀 볼 줄 아는구나.”

“사부님, 다른 방법이 없습니다.”

“방금 전엔 사황천주인가 뭔가 하는 놈을 살려준다며?”

“네? 네.”

"이미 정파네 마도네 하면서 서로 엉겨 붙은 놈들이 피 맛을 보았는데 옳다구나 하면서 물러설 것 같으냐? 아들이, 부모가 목이 떨어져 나갔단 말이다, 이 멍청한 놈아. 저기 밖에 사황천주라는 놈이 살려달란 말도 한마디 않고 해탈한 고승처럼 묵묵히 이 상황을 받아들이고 있는 이유를 모르겠냐? 운설이 놈을 공격할 때 처절하게 반항하지 않은 이유를 모르겠냔 말이다. 놈은 더 이상 삶의 미련이 없다. 여한이 없는 거야. 생의 목적을 이루었거든. 어떤 수단으로도 마정대전의 살육전이 멈추지 않을 것이란 것을 알기 때문인 게야."

영호선은 안색이 창백해졌다.

광마혈성이 혀를 끌끌 차고 말을 이었다.

"좋다. 백번 양보해서 만약 싸움이 그쳤다 치자. 그 뒤엔?"

영호선이 눈만 연신 깜박였다.

"잠마원과 항마원을 드나든 놈이 강호를 몰라도 이렇게 모를 수가 있나요?"

화운설이 동의를 구하며 광마혈성을 바라보았다.

광마혈성이 기꺼이 동조해 주었다.

"순진하다는 좋은 말도 있지만 이 경우엔 그냥 머저리인 거지. 머리를 장식으로 달고 다니는 놈아, 잘 들어라. 마도에는 명이 떨어지면 제 심장이라도 파내 갖다 바칠 놈들이 수두

룩한 걸 모른단 말이냐? 그런 놈들이 득실거리는데 사황천인
가 뭔가를 그냥 내버려 둘 것 같으냐? 일이 마무리되고 잠잠
해지면 사황천은 그냥 쥐도 새도 모르게 사라지는 거다. 알겠
냐? 쥐도 새도 모르게. 흥, 마도뿐만이 아니지. 정파인이랍시
고 허세 부리는 놈들도 모두 성인군자만 있는 줄 아느냐? 제
새끼가 죽고, 제 어미가 죽은 한을 누군가는 책임을 져야 한
다고 생각할 테지. 또다시 불똥은 사황천 놈들에게 튀게 되어
있단 말이다. 사황천은 드러나는 순간 끝이다.”

영호선은 뜻을 충분히 이해했다. 그렇기에 더욱 마음이 무
거워졌다. 물론 방법이 없는 것은 아니었다. 사부가 나선다면
단번에 해결될 것도 같았다. 하지만 그 말을 꺼낼 엄두가 나
지 않았다. 백여 년 전에도 눈곱만큼의 관심도 기울이지 않았
던 사부가 아닌가. 지금은 더하면 더했지 덜할 상황이 아니었
다.

그런 태도는 비단 광마혈성만이 아니라 화운설도 마찬가
지였다.

“뭐, 태반이 죽어나가다 보면 그제야 뭔 짓을 했나 싶겠
지.”

화운설이 탁자를 손가락으로 칠현금을 타듯 놀리다 광마
혈성의 잔이 비는 것을 보고 얼른 술을 따랐다.

광마혈성이 고개를 끄덕였다.

"아무렴. 후회란 다 잃고 난 다음에 절실히 깨닫게 되는 것이지. 조금이라도 여유가 있을 땐 멈추지 않는 것이 인간이거든."

영호선은 절대적으로 도움이 필요한 두 사람이 마치 애들은 싸우면서 크는 것이라며 대수롭지 않게 말하는 것을 듣고 있자니 암담하기 짝이 없었다.

차리라 자신도 이렇듯 태평한 마음을 가질 수 있다면 얼마나 좋을까 부러울 지경이었다.

화운설의 등 너머로 산 아래 피의 강이 흐르는 벽화가 보였다. 강물 위로 위태롭게 배 한 척이 흘러가고 있었다. 영호선은 저 그림이 어쩌면 사황천이 혈겁을 당할 때의 상황이 아닐까 생각했다. 그리고 이제 또 다른 누군가의 슬픔이 저 벽화처럼 되풀이될 것이 분명했다.

"으흠, 사부님, 근데 말이에요, 전 늘 궁금했던 게 하나 있었거든요?"

화운설이었다.

광마혈성이 말해보란 듯 화운설을 향해 턱을 내밀었다.

"이상하잖아요. 우두머리들 말이에요. 거느리고 있는 수족들보다 무공이 뛰어나면서도 지들은 뒤에서 거드름이나 피우고 수족들을 보내잖아요. 저야 뭐 여럿 거느리는 것이 영 체질에 안 맞지만 만약에 제가 우두머리라면 적의 우두머리와 담판을 지을 것 같거든요. 야, 나와라. 한판 뜨자. 이렇게 말이죠. 이놈 보내고 저놈 보내고, 이게 뭐 하는 짓이냐는 거죠."

"하하하하!"

광마혈성이 기분 좋게 웃었다.

"맞다, 맞아. 그게 개운하지."

"둘째도 원래 귀찮은 걸 질색하잖아요. 물론 마도련이 엉망이라 태유가 련주를 자처하고 나섰지만 지금쯤 머리 좀 아플 거예요. 어쩌면 무림맹주와 정식으로 겨뤄보고 싶어하는지도 모르겠고요."

영호선이 눈을 부릅떴다.

"마도련주가 사형이란 말인가요?"

"그것도 모르고 있었단 말이냐?"

화운설이 면박을 주었다.

"제대로 들은 적이 없거든요."

영호선은 맥 빠진 웃음을 흘렸다. 화운설이 사저라는 것도 오늘에서야 안 사실이 아니던가.

아까부터 태유, 태유 하는 걸 보니 사형의 이름은 설태유가 분명했다. 설요홍이 마도련주의 손녀라고 했던 것을 기억했기 때문이다.

'그렇다면?'

순간 번개같이 한 생각이 뇌리를 스쳤다.

"사저의 말씀을 듣고 보니 기막힌데요? 사부님, 재밌을 것 같지 않나요?"

영호선은 유독 재미라는 단어를 강조했다.

인간사의 생과 사에 대해 열변을 토해봐야 소 귀에 경 읽기였다. 그러나 재미라면 이야기가 달랐다. 이미 몸의 절반가량은 신선의 언덕에 걸치고 있는 자로서 품을 마음가짐은 결코 아니었지만 영호선이 아는 사부는 어쨌든 그런 존재였다.

광마혈성이 팔짱을 끼고 지그시 눈을 감았다.

분위기가 무겁게 가라앉았다.

영호선은 내심 한숨을 토해냈다.

화운설도 괜한 소리를 했다 싶었는지 목을 움츠리고 광마혈성의 눈치를 살피느라 눈동자를 정신없이 굴렸다.

순간 광마혈성이 눈을 번쩍 떴다.

영호선과 화운설이 거의 동시에 목을 어깨 사이에 억지로 밀어 넣었다.

"기발해. 그래, 아주 기발하다. 볼만하겠어."

광마혈성이 장하다는 듯 화운설의 어깨를 두드렸다.

화운설이 즉시 주인의 손길에 꼬리를 흔드는 강아지처럼 미소를 지었다. 비굴함이 잔뜩 깃들어 있었다.

영호선은 그런 사저를 비난하지 않았다. 대신 사저의 비굴함에 편승해 그 옆에 선 강아지처럼 꼬리를 흔들었다.

강호의 운명, 수많은 이들의 목숨이 달린 일이다. 까짓 강아지가 대수인가. 백번이라도 강아지가 되어 꼬리를 흔들 수 있었다.

"자, 그럼 구체적으로 계획을 세워볼까나."

광마혈성이 적극적으로 덤벼들자, 화운설과 영호선은 신이 나서 의견을 내냈다.

이야기가 정리될 무렵 영호선은 꾹꾹 눌러 참고 있던 한마디를 건넸다.

*　　*　　*

사황천을 향한 영호선의 결정은 옳았다.

사황천주 염불광은 죽음에서 구원받았다는 것에 대해 고마워하는 마음은 전혀 없었다. 그는 원한을 평생 간직하긴 했으나 어느 순간부터인가 그러한 마음이 녹아내리기 시작한 것이다.

사실 그건 유화장에서부터였다.

그 어느 누구에게도 과거의 한을 드러내지 못했던 그가 생면부지의 영호선과 항마원의 기재들에게 소회를 밝혔을 때 과거의 한은 서서히 형체를 잃어갔다.

이젠 돌이킬 수 없다고 생각했기에 은신처에서도 모질게 기재들을 몰아세웠었다.

정마대전의 결과가 어떻게 나오든 그는 죽음을 생각하고 있었다. 그러나 도저히 상상조차 해본 적이 없는 상황이 그를 건져 냈다.

생매장 직전에 놓여 있던 사황천주는 무덤에서 끌려나온 후 광마혈성으로부터 계속 독선으로 남으라는 말을 들었다. 사황천을 마음에 묻으라는 말과 함께였다.

사황천주는 그 의미를 바로 알아차렸다. 그것은 정마대전이 어떻게 종식되더라도 사황천의 수하들을 살려내는 길이기도 했다.

사황천주를 살려두고 끌어안은 것은 많은 의미를 지녔다.

그중에서도 마도련과 무림맹 내 핵심 세력으로 심어진 사황천주의 심복들이야말로 정마대전을 다른 방향으로 전환시킬 수 있는 보이지 않는 하나의 수단이기도 했다.

*　　　*　　　*

어슴푸레한 달빛 아래 영호선은 절벽 위에 서 있었다.

한 걸음만 내디디면 곧장 어둠에 잠긴 천 길 낭떠러지로 떨어지고 마는 지점이었다.

"잘할 수 있지?"

영호선이 옆에 선 항마를 보며 말했다.

'염려 마십시오.'

항마가 믿음직스럽게 답했다.

잠마는 반대쪽에 벌렁 드러누워 있었다.

영호선은 소매 속에서 대롱을 꺼내 항마에게 건넸다.

대롱이라면 익숙한 영호선이었지만 이 대롱은 잠마원에서 악명을 떨칠 때 쓰던 대롱은 아니었다.

흑단죽이라 불리는 대나무로 일반적인 대나무와 달리 겉 표면이 묵빛을 띠고 있었다.

항마가 대롱을 받아 들자, 어렴풋하게 거무스름한 막대기가 둥실 떠 있는 것처럼 보였다. 그러나 그것도 매우 가까이에서 봐야만 확인이 가능한 수준이었다.

"다녀와."

그 말과 함께 항마가 절벽 아래로 몸을 날렸다.

까마득한 어둠이 항마를 집어삼켰다. 영호선은 항마가 진법 속을 헤쳐 나가며 보는 모든 것을 자신이 직접 체험하는 것처럼 볼 수 있었다.

절벽이나 절벽이 아닌 곳.

절벽 너머는 무림맹의 비밀 장소였고, 끝없는 벼랑은 진법이 만들어낸 허상이었다. 정마대전이 벌어지면 당연히 가장 먼저 타격을 받을 곳은 무림맹이었고, 거기에 대비해 마련된 비성(秘城)이라는 곳이었다.

'개똥도 쓸 데가 있다더니, 사황천주를 살려두길 잘했어.'

잠마였다.

비성을 알려준 건 사황천주였다. 잠마의 말은 그 때문에 시간을 절약할 수 있다는 의미였다.

영호선은 그 옆에 앉아 고개를 들고 별을 보았다.

수만 개의 별, 강호의 별들. 저 반짝이는 별들이 핏빛으로 물들지 않기를 바라며, 하나라도 잃지 않겠다는 듯 숫자를 세기 시작했다.

'별 하나, 별 둘, 별 셋……'

＊　　　＊　　　＊

"정말… 사저가 맞습니까?"

의문이 가득한 질문.

그러면서도 조심스러움이 가득했다.

"한 번만 더 물으면 그땐 가만두지 않겠다."

화운설이 으르렁거렸다.

그녀가 성격에 안 맞게 벌써 똑같은 질문을 다섯 번 듣고도 으르렁거리는 수준에서 그친 것은 이례적인 일이었다.

고급 대리석 탁자를 사이에 두고 맞은편에 앉은 자의 무게가 결코 가볍지 않다는 증거이기도 했다.

그녀에게 인내라는 감정을 불러일으키고 있는 이는 그녀의 사제이자 마도의 지존이라는 그럴듯한 위치에 있었다.

화운설로서는 사제라는 개념보다는 불사천마라 불리는 마도련의 련주라는 직위를 감안해 지금 나름대로 많은 양보를 하고 있는 셈이었다.

하지만 마도의 고수들이 이 광경을 목격했다면 눈이 튀어나오고도 남을 만한 충격에 사로잡히고 말았을 것이다.

그 어느 누가 감히 지존 앞에서 협박을 할 수 있단 말인가.

"……."

설태유는 더 이상 묻지 않았다.

그저 기품 어린 몸짓으로 하얀 수염을 쓰다듬는 것으로 확인이 끝났음을 알렸다.

애써 어린 시절의 모습을 떠올릴 필요도 없이 성질머리를 보니 사저가 맞았다. 사실 잠마원에서 올라온 보고를 통해 그녀가 반로환동을 했고, 잠마원에 입부했다는 것은 들은 터였다. 물론 듣는 것과 막상 보는 것과의 차이는 어마어마했다.

"넌 몰라보게 차분해졌구나."

화운설이 알고 있는 사제의 모습은 날카로운 병기 그 자체

였다. 하지만 마도련의 지존의 자리는 사람을 완전히 바꿔놓
은 것이다.

큰 키에 뚱뚱하지도 마르지도 않은 체형, 눈썹도 희게 샜지
만 뚜렷한 선으로 날을 세운 듯했는데 그런 외형과 달리 차분
한 가운데 존재만으로도 위엄이 뿜어지는 듯했다.

설태유가 좌우를 두리번거렸다.

아무도 보는 이가 없었지만 애써 조심스러워하는 태도로
몸을 앞당겨 화운설의 귓가에 속삭였다.

"척하는 거지요."

화운설이 킥킥대고 웃었다.

옛날 생각이 나는 행동이었다. 과거에도 문제가 생기면 옆
으로 고개를 돌려 '죽여 버릴까요?' 라고 속삭이곤 했다. 전
음을 사용할 수 있음에도 둘은 그렇게 의도적으로 귓속말을
주고받았었다.

"사저, 상황이 어떻게 돌아가고 있는지는 알고 있겠지요?"

슬쩍 떠보듯 건네는 말속에는 도와달라는 뜻 같기도 하고,
지금 옛이야기나 할 만큼 한가롭지 않다고 말하는 것 같기도
했다.

"물론이지. 그 때문에 내가 이곳에 온 거니까."

"기대되는군요."

화운설이 슬그머니 미소를 지었다.

뜸이 길어졌다.

설태유는 채근하기보단 여유롭게 찻잔을 입으로 가져갔다.

화운설이 불쑥 입을 열었다.

"사부님께서 네게 말을 전하라고 하셨거든."

"푸확~!"

막 찻물을 한 모금 입에 머금고 있던 설태유가 토하듯 뿜어냈다.

찻물은 화운설의 얼굴에 닿지 못하고 바로 앞에서 수증기가 되어 증발했다.

"호호, 하하!"

수증기 너머에서 화운설이 유쾌하게 웃음을 터뜨렸다.

그녀는 사실 때를 기다리고 있었던 것이다.

설태유가 차를 마시기를 기다렸다가 이때다 싶은 순간 사부의 존재를 밝힌 것은 철저히 계산된 것이었다.

화운설이 웃음 속엔 나만 놀라면 섭섭하지 하는 달콤한 표정이 가득했다.

"그… 그게 정말이오?"

설태유는 입가의 물기를 닦아내지도 못하고 물었다.

"다른 농담은 해도 내가 사부님의 이름으로 농담을 하지 않는다는 것은 알고 있을 텐데."

맞다. 부인할 수 없는 사실이었다.

"그건 알지만… 그게 말이 되냔 말이오. 몇 년이나 지났는지 셀 수나 있는 일인 게요?"

"네 말이 맞아. 그래서인지 더 이상 사람도 아니더라. 그냥 막 날아다녀."

"하아!"

설태유가 한숨인지 감탄인지 모를 소리를 멍하니 내뱉었다. 마도의 뭇 고수를 압도하는 불사천마로서의 위엄은 온데간데없었다.

"사부님이 이 말을 꼭 전하라 하셨다."

"무슨……."

"넌 기백을 잃었다."

설태유가 흡 하고 숨을 들이켰다. 그러다 정신없이 사방을 둘러봤다. 당장에라도 사부가 눈앞에 나타나기라도 하면 어쩌나 하는 근심이 얼굴 곳곳에 떠올랐다.

"그다음엔 무슨 말씀을 하셨소?"

목소리가 떨렸다. 기백이 없으니 이제 죽어라 정도의 말이 나올까 두려워하는 기색이 역력했다. 애써 태연한 척하는 것도 사람을 봐가면서 해야 하는 것이다.

화운설이 장난꾸러기 같은 미소를 지었다.

"그게 말이지……."

*   *   *

깊은 밤.

창천검성은 의자에 몸을 기대고 선잠을 청하고 있었다.

수없이 올라오는 보고들에 그는 지쳐 있었다. 그것들 하나하나엔 피 냄새가 진득했다. 증오와 살기가 눈에 보일 듯 선명한 빛깔을 띠고 있었다.

그 때문에 밤이 깊도록 잠을 이루지 못하다 의자에 등을 기댄다는 것이 잠시 잠에 빠져들었다.

꿈속에서 창천검성은 무림맹주가 아니었다.

그는 산야를 벗 삼아 작은 오두막에 살고 있었다. 기묘하게도 꿈이라는 자각이 들었지만 그는 될 수 있으면 이 꿈이 현실이고, 여기서 잠이 들었다가 무림맹주로 살아가는 꿈을 꾸었으면 하고 빌어보았다.

장자가 나비 꿈을 꾼 후 나비가 장자 된 꿈을 꾸고 있는 것인지, 장자가 나비가 된 꿈을 꾸고 있는지 모르겠노라 했던 것은 어쩌면 그때 그의 삶도 고달팠기 때문이 아닐까 하는 생각도 들었다.

문득 꿈의 한 조각이 챙 소리가 나듯 깨져 나갔다.

마음에 경고등이 켜진 것이다. 더 이상 꿈속에서 안락함을 누릴 여유가 없다고 내부에서 강렬한 외침이 들려왔다.

창천검성은 의자를 박차고 일어나 주변을 둘러보았다.

집무실을 밝히는 호롱불의 심지는 기름을 양분 삼아 부지런히 몸을 불태우며 내부를 훤히 밝히고 있었다.

벽과 천장, 그리고 맞은편의 문에 시선을 던졌다.

문이었다.

원래는 닫혀 있어야 할 문이 살짝 열려 있었다.

저절로 문이 열릴 일은 없었다.

창천검성은 집무실 밖으로 나왔다. 양옆으로 두 명의 호위가 굳건히 버티고 서 있었다. 언제나처럼 충성스러운 모습이다.

그는 그중 성운청을 향해 물었다.

"다녀간 사람이 있었나?"

성운청은 대답이 없었다.

창천검성은 깜짝 놀라 성운청을 살폈다. 곧바로 그의 입에서 침음성이 흘러나왔다. 성운천은 굳건한 자세로 혈도가 제압당해 있었다. 반대편의 옥연승도 마찬가지였다.

두 사람은 눈동자조차 굴리지 못했다. 어떻게 당한 것인지도 모르고 당한 것처럼 보였다.

가히 초특급 자객의 솜씨였다.

도대체 얼마나 잠들어 있었던 것일까?

문서를 노린 것인가?

창천검성은 헛웃음이 나오려 했다.

종이 쪼가리가 무엇인들 무림맹주의 목숨보다 더 가치 있을까에 생각이 미친 것이다. 꿈의 안락함에 빠져 있었다. 문이 열린 것도, 호위들이 당한 것도 모르고 말이다.

자신이 살아 있다는 것은 침입자의 목적이 암살이 아님을 보여주고 있었다. 언뜻 내부자의 소행일까 싶기도 했다. 하지만 그는 바로 고개를 저었다. 이곳 비성(秘城)에 머무르고 있는 자 중에서 이러한 능력을 지닌 자는 없었다.

창천검성은 해혈을 하려다 말고 집무실로 돌아갔다.

문이 열려 있었다는 건 틀림없이 어떤 용건이 있다는 뜻이었다. 어쩌면 고의로 문을 열어놨을지도 모른다는 생각이 들었다.

그는 어렵지 않게 낯선 물건을 발견할 수 있었다.

등잔 밑이 어두웠다. 탁자 위 수북이 쌓인 서류더미 옆으로 그에 줄을 맞추듯 검은 막대기가 놓여 있었다.

무슨 까닭으로? 막대기에 독이라도 발라놓고 중독시키려 했다기엔 살인의 절차가 지나치게 복잡했다.

독선? 아니다. 독선은 이런 짓을 할 위인이 애초에 못 된다. 그리고 물건에 독을 바르는 따위의 수준 낮은 짓을 할 리가 없었다. 게다가 독선의 독은 자신을 어찌할 수 없다.

청천검성은 막대기를 들었다.

보기 드문 묵빛의 대나무였다.

그는 툭 하고 중간을 분질렀다. 그러자 그 속에 둘둘 말린 서신이 모습을 드러냈다.

그의 시선이 빠르게 서신을 읽어나갔다.

무림맹주는 보아라.

그대는 정녕 기백이 없는 자로구나. 정도를 이끄는 자로서 선의도 보이지 않는다.

창천검성은 이 오만한 글귀에 읽기를 멈추고 서신의 마지막으로 눈길을 던졌다.

거기엔 마도련주의 불사천마의 서명이 있었다.

"허허허."

너무도 기가 막혀 창천검성은 허탈하게 웃음을 토해냈다.

다시 그는 처음으로 돌아갔다.

처소에 웅크리고 주름진 이마를 매만지며 한숨만 토해내는 것이 그대의 모습일지니 얼마나 많은 시체를 보아야 그대는 깨달을 것인가?

비겁한 자여, 들으라.

그대가 아직까지 마음 깊은 곳에 용기와 자부심이 있다면 망설이지 말라.

본좌는 그대에게 대결을 청하노라.

보름 후 섬서의 소화산! 그곳에서 그대와 나, 승부를 결하자.

숙고할 시간으로 이틀의 말미를 주겠노라.

그대의 용기가 남아 있거든 폭죽을 쏘아 올려라.

확인이 되는 순간, 본좌는 중원의 뭇 수하들을 물리겠노라.

창천검성은 한참이나 서신을 넋을 놓은 채 바라봤다.

이것이 장난이라면 훌륭하다고 할 수 있었다.

하지만 과연 장난일까?

비성의 진법과 수많은 기관을 뚫고 자신의 개인 서재에 침입해 서신을 놓는 대범함을 단순히 장난이라고 치부할 수는 없는 노릇이었다.

그는 의자에 몸을 걸치고 두 토막 난 대나무를 옆으로 치웠다.

그때 작은 종잇조각이 흘러나왔다.

머리에 온갖 의문이 춤을 출 것이다. 도대체 어떤 자가 침입한 것인가 복잡하겠지. 두려워 말라. 이는 특별한 방법으로 전해진 것일 뿐, 본좌도 마도련의 누구도 침입한 것은 아니기 때문이다.

'특별한 방법이라……'

창천검성은 친절한 설명까지 덧붙여진 서신을 이해할 수 없었다. 왜 특별한 방법으로 자신을 해하지 않았을까? 호위를 제압하고 버젓이 탁자 위에 서신을 놓고 갈 때까지 자신은 결코 깨닫지 못하고 있었다. 모질게 마음을 먹었다면 영원히 꿈속에서 헤어 나오지 못했을 것이리라.

생각이 거기까지 이르자 창천검성은 진지하게 서신의 내용을 곱씹었다.

마음에 공감하는 바가 적지 않았다.

그렇다. 마다할 이유가 없었다.

모두를 설득하진 못할 것이다.

하지만 지금이야말로 무림맹주로서 창천검성으로서의 강단을 발휘할 때인 것이다.

비성은 이미 노출되었다.

그렇기에 폭죽을 쏘아 올리라는 것도 무리한 청은 아니었다.

사실 확인!

폭죽이 올라간 다음, 과연 마도의 무리가 물러나는가를 확인하는 것이다.

*　　　*　　　*

벼랑 위에 벌러덩 드러누운 것은 항마가 돌아옴으로써 둘에서 셋이 되어 있었다.

중간에 누운 영호선은 하염없이 별을 헤아렸고, 어느덧 천 개에 육박해 가고 있었다.

그 순간, 푸슝 하는 소리와 함께 폭죽이 쏘아졌다.

펑!

별보다 더 밝은 빛들이 밤하늘을 아름답게 수놓고, 서서히 점멸해 갔다.

'크크, 사부님의 명필에 감동받은 모양인걸.'

잠마가 감상을 늘어놓았다.

영호선이 몸을 일으켰다.

"또 기고만장하시겠군. 우리도 이만 가자."

한줄기 빛살처럼 이내 영호선은 밤하늘의 별무리 속으로 사라졌다.

第十一章
소화산에 모인 군웅

潛魔
劍仙
잠마검선

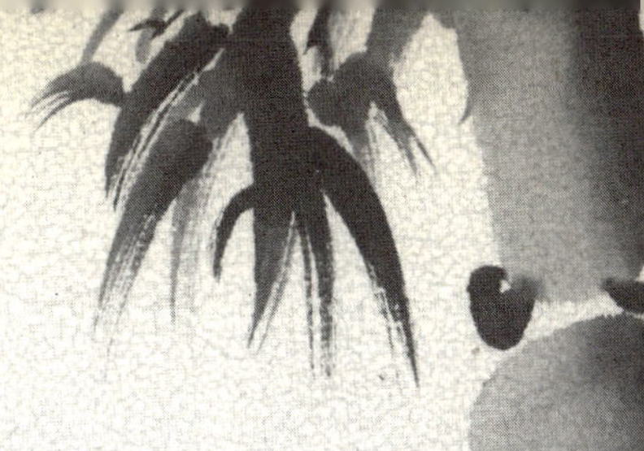

소화산(小華山).

어떤 이는 화산 부근의 작은 산으로 안다.

또 다른 이는 구파의 중추인 화산파에서 축출당한 파문제자들이나 머무는 곳이라고 농담조로 말하곤 한다.

그러나 소화산을 한 번이라도 견식한 자라면 이야기가 달라진다.

소화산은 화산에 비해서 작을 뿐 풍광이 수려하고 험준하기 짝이 없었다. 또한 화산 곁에 있는 것도 아니었다. 섬서의 서쪽을 대표하는 산이 화산이라면 소화산은 섬서의 북쪽을 대표했다.

그리고 지금 소화산은 강호사에 길이 남을 새로운 역사를 눈앞에 두고 있었다.

서른일곱 개의 봉우리 중 뭇 봉우리들을 오시하듯 내려다보는 천왕봉 중턱에 정도와 마도의 고수들이 서쪽과 동쪽에 나뉘어 자리를 잡고 있었기 때문이다.

정파에는 구파일방의 장문인과 방장, 그리고 원로들, 오대세가와 중소 문파의 수장들이 자리했고, 마도도 그에 맞서듯 마도련의 지휘부와 마도 가문의 문주들이 보란 듯이 마기를 유감없이 드러내고 있었다.

만약 누군가 악의적인 마음으로 천왕봉을 날려 버릴 정도의 폭약을 매설했다면 어쩌면 강호는 한참 동안은 평화를 유지할 수 있을지도 모를 일이었다. 물론 곡소리가 하늘을 메우고, 원흉을 찾기 위해 눈에 불을 켜고 다니는 무리도 있을 테지만.

하지만 안타까움이라고 해야 할지 다행이라고 해야 할지 그러한 세력은 존재하지 않았다.

동쪽에 위치한 정파, 서쪽에 우뚝 선 마도.

그들의 거리는 약 오십여 장(약 150미터)이었다.

지형은 평평했고, 잔나무나 잡초 하나 없었다.

얼핏 봐서는 오늘의 일전을 대비해 누군가 매일같이 관리한 것이 아닌가 싶을 정도였다. 당연히 몇 개나마 튀어나와 마땅한 바윗덩어리나 송곳 같은 암석도 관리인의 매를 맞고 지면 속으로 숨어버린 것 같았다.

각기 백여 명씩, 총 이백여 명에 가까운 사람이 모였다고는 볼 수 없을 정도의 무거운 고요가 천왕봉을 내리눌렀다.

하지만 그들의 눈과 표정만은 수많은 말을 쏟아내고 있었다. 그들은 약 보름 전만 해도 마도의 뿌리까지 이 기회에 뽑겠다고 이를 갈던 정도였고, 같잖은 것들이라며 씨를 말려 버리겠다고 호언하던 마도였다.

유사 이래 정도와 마도의 대표자가 나서서 승부를 결한 적은 단 한 차례도 없었다.

무림맹주 창천검성이 뭇 정도의 수장들을 애써 설득한 결과였다. 물론 처음부터 모두가 찬성표를 던진 것은 아니었다. 하지만 창천검성은 반 협박까지 마다하지 않고 이번 기회야말로 불사천마를 없앴을 수 있는 절호의 기회라는 것을 강조해 결국 뜻을 이루었다.

반면 마도의 결정은 지나칠 정도로 단순했다.

상명하복이 뚜렷하고 복종을 미덕으로 삼는 마도인들에게 있어 희대의 마왕이자 지존인 불사천마의 명을 거역한다는 것은 있을 수 없는 일이었다. 그 와중에 스멀스멀 지존의 스승인 마도의 전설적인 존재 광마혈성이 살아 있다는 이야기

도 은밀히 속삭여지고 있었기에 감히 이의를 제기하는 자는
없었다.

두 무리의 중앙에는 작은 탁자가 놓여 있었다.

해가 중천에 솟자, 기다렸다는 듯 창천검성과 불사천마가
중앙 탁자로 걸음을 옮겼다.

창천검성의 뒤로 그림자처럼 군사인 사온공이 따랐고, 오
뇌마군은 불사천마의 그림자를 비껴선 채 뒤따랐다.

고상한 운치 따윈 없었다. 고급스런 차나 술 대신 탁자 위
에 놓인 것은 단 두 장의 종이였다.

자리를 잡은 두 사람의 눈을 마주쳤다.

두 군사가 종이 위의 글귀를 읽어나가며 형식적인 검토를
할 때, 불사천마와 창천검성은 서로를 마주 봤다.

지옥의 늪처럼 착 가라앉은 불사천마의 눈빛을 창천검성
은 현기로 담담히 받아냈다.

사온공과 오뇌마군이 검토를 마치자 불꽃이 튀던 눈빛을
거두며 두 사람은 각자 약조문에 서명했다.

내용을 요약하자면 이러했다.

패자는 승부를 받아들이고, 어떤 처분이라도 달게 받는다.

간단하지만 파격적이었다. 결국 승리한 쪽이 패자 진영의

생살여탈권을 가지게 되는 것이다.

사온공과 오뇌마군이 서명된 문서를 들고 각자의 진영으로 돌아갔다.

정도와 마도는 각기 확신에 차 있었다.

무림맹주가 질 리 없다.

지존께서 일격에 뇌수를 터뜨릴 것이다.

이러한 서로의 확신으로 심장은 뜨겁게 달구어져 있었다.

절대 그럴 리 없지만 만에 하나 불상사가 벌어져 패한다고 해도 그들은 무릎을 꿇고 목을 늘어뜨릴 생각 따윈 전혀 없었다. 애써 이 자리까지 온 것은 죽기 위함이 아니라 도륙하기 위함이었기 때문이다. 무슨 수를 쓰더라도 이곳에 모인 수장들의 목을 어깨에서 떼어내는 일 말이다.

"뜻은 가상하나 곧 후회하게 될 거네."

불사천마가 말했다. 그의 입술이 조소를 머금고 비틀렸다.

"그 웃음… 오래가진 못할 듯하외다."

창천검성이 맞받아치며 몸을 일으켰다. 그는 유람이라도 나온 사람처럼 태평스러웠다.

불사천마가 탁자를 가볍게 탁 치고 따라 일어섰다.

순간 나무 탁자가 스스스 먼지처럼 흩어졌다.

두 사람이 돌아서고, 어떻게 손을 썼는지 방금 전 앉아 있던 의자도 탁자의 운명을 뒤따랐다.

각자 진영으로 칠 장여까지 걸음을 옮겼다가 돌아섰다.

두 사람 뒤로 고요한 응원이 피어났다.

주먹을 움켜쥐거나 목소리를 높여 고함을 지르지는 않았지만 승리에 대한 열망은 소리없는 아우성이 되어 주변을 휘몰아쳤다.

멀다 해도 친구, 가깝게는 혈육을 잃은 이들이 태반이었다.

그들은 어서 속히 상대를 도륙할 수 있길 바랐다.

강호의 두 거인이 마주 섰다.

전음으로 때를 미리 맞추기라도 한 듯 두 거인은 동시에 검을 뽑아 들었다.

성질은 다르나 광포하다는 공통점을 지닌 기운이 뿜어져 나오자, 산야도 숨을 죽였다.

두 사람 곁으로 흙바람이 회오리치듯 일었다.

창천검성이 왼발을 내디뎠다.

불사천마는 검을 가슴께로 수평이 되게 들었다.

흙바람은 이내 잦아들었다.

선공(先攻)!

창천검성은 후발제인보다 선공을 택했다.

적이 적이니만큼 그는 필생의 절학을 쏟아 부을 작정이었
다.
지이잉!
내력이 불어넣자 검이 울부짖었다.
그런데 그때였다.
슥슥슥!
필살의 의지 속에 일격을 가다듬던 창천검성의 눈이 기묘
한 음향을 쫓았다.
무시할 수 없는 일이 벌어지고 있었다.
도저히 있을 수 없지만 현실이었다.
일 보 앞의 땅바닥에 글자가 새겨지고 있었다.

정도의…….

창천검성의 눈은 지금까지의 초연함을 잃고 흔들렸다.
땅이 의사를 표현하고 있다니…….
순간 그는 실태를 깨닫고 불사천마를 바라봤다.
이것이 불사천마의 해괴한 수법 중 하나일 수도 있다는 사
실을 간과한 것이다. 하지만 기우에 불과했다. 불사천마도 당
혹감을 감추지 못하고 땅을 바라보고 있었다.
슥슥슥!

글자가 이어졌다.

…제일고수를 상대하는 만큼 최선을 다하도록 하지. 나이도 먹을 만큼 먹었으니…….

창천검성은 눈을 부릅떴다. 땅이 자신을 알고 있었다. 자신은 모르고 있는데 말이다.

삼 초를 양보하는 건 어떤가?

땅은 대결을 원했다. 그런데 대체 무슨 수로? 삼 초를 양보하라니. 대답을 하고 싶어도 방법을 알 수 없었다. 그 옆줄에 답이라도 달아야 한단 말인가, 아니면 고개라도 끄덕이란 말인가?
땅은 바로 실망했다.

제길, 구두쇠 같으니.

난감한 것은 비단 창천검성만이 아니었다.
불사천마는 또 다른 땅의 언어를 보고 있었다.

사형을 뵙게 되어 영광입니다.

글귀는 정중했다. 그래도 호감을 갖기엔 대화와 정보가 지나치게 부족했다.

땅을 딛고 선 지도 백 년을 훌쩍 넘었으니 나름 정이 들었는지는 모르겠으나 결단코 땅바닥과 사문의 인연을 맺은 적은 없었다. 제아무리 사부가 괴팍하긴 해도 아무렴 땅을 제자로 거뒀을 리가 있겠는가.

부족한 점이 있더라도 부디 너그럽게 이해해 주십시오.

이미 무림맹주가 정신 사납게 둘러보는 것도 본 터다.

불사천마는 문득 사부가 아닌가 하는 의심이 들었다.

그러나 그것은 떠오르는 순간 그보다 더 빨리 사라져 버렸다. 사부는 자신의 별호조차 누군가가 술기운에 주절거려도 참아 넘기지 못하는 분이다. 그런 사부가 제자에게 사형이라는 단어를 사용한다는 것은 꿈에서조차 있을 수 없는 일이었다.

그렇게 온갖 상념에 사로잡혀 있을 때 땅은 나름 결론을 내리고 있었다.

손에 사정을 두시길 당부드립니다. 그럼 시작하겠습니다.

시작이라는 글자가 새겨진 순간 불사천마는 비로소 눈앞
에 기의 형체를 느낄 수 있었다.

그것은 마치 사람의 형상처럼 보였다.

정녕 믿을 수 없게도 그것은 보이지 않지만 존재하는 그 무
엇이었다.

투명한 인간!

언뜻 아지랑이와도 비슷했다. 물론 무공이 극에 이르지 못
한 자라면 아지랑이조차 볼 수 없을 터였다.

머뭇거릴 틈이 없었다. 이미 놈은 시작을 알리지 않았던
가.

불사천마는 세상에서 단 한 번도 만난 적이 없는 적을 향해
검을 날렸다.

창천검성과 불사천마는 정녕 혼신의 힘을 다해 허공을 향
해 필생의 절학을 퍼부었다.

두 사람은 진지하기 이를 데 없었다.

그렇기에 정파와 마도의 고수들은 이 난데없는 상황에 충
격과 경악에 입을 쩍 벌리고 어찌할 바를 몰랐다.

처음엔 모두들 두 사람이 미쳐 버린 줄 알고 덩달아 미쳐

버릴 것 같았다.

　하지만 현실을 자각한 것은 순식간이었다.

　세상 어떤 미혼약도 두 사람을 한꺼번에 돌아버리게 할 순 없는 것이다. 어느 한쪽이 허공에 칼질을 해댄다면 상대방의 수작이라며 일제히 덤벼들 명분이 생기겠지만 창천검성과 불사천마가 공히 똑같은 상황에 처해 있다 보니 그저 멍하니 지켜볼 수밖에 없었다.

　검강이 허공을 가르고, 신법이 현란하게 펼쳐졌다.

　소화산에 얼굴을 들이민 사람치고 고수 아닌 사람이 없었기에 그들은 곧 이것이 보이지는 않으나 존재하는 것과의 결투임을 알아차렸다.

　창천검성이 몸을 솟구쳤다. 그러나 마치 다리가 붙들려 뭔가에 의해 끌어당겨진 듯 지면으로 쑥 내려왔다. 창천검성 혼자 괴이한 행동을 하는 것이 아니라는 것은 그의 얼굴에 명백히 쓰여 있었다. 이미 그의 낯빛은 잿빛에 가깝게 변해 있었던 것이다.

　그나마 사정이 좀 나은 것은 불사천마 쪽이었다. 불사천마는 검을 날리다가 연거푸 세 걸음이나 물러났다가 고개를 갸웃할 정도의 여유까지 보였다.

　그러나 시간이 지날수록 두 사람의 상태는 정도의 차이만 있을 뿐 악화일로가 되어갔다.

창천검성은 패색이 짙어지고 있었고, 불사천마도 급기야 미친년 널뛰듯 광분하기 시작했다.

정마의 고수들의 안색도 흙빛으로 물들어갔다.

창천검성과 불사천마가 펼쳐 내는 무위는 심히 가공할 위력을 담고 있었다.

정파의 고수들은 자신이 불사천마와 겨룬다면 과연 몇 초나 견딜 수 있을지를 생각하며 마른침을 삼켰고, 마도 쪽에서는 창천검성의 무위에 짓눌렸다.

보이지 않는 그 무엇은 그럼에도 불구하고 두 사람을 압도하고 있었다.

한순간 창천검성의 검이 손아귀를 벗어나 핑그르르 돌며 땅에 꽂혔다. 그의 상태는 이제 심각한 지경이었다. 머리는 산발이 되었고, 땅을 구르는가 하면 도주하다시피 뒤로 물러나며 팔을 휘둘러 장력을 퍼붓기도 했다.

불사천마는 창천검성보다는 낫다고 할 수 있었으나 그렇다고 온전하다고는 볼 수 없었다.

그는 부상을 당하진 않았으나 이미 옷은 너덜거렸고, 내력을 있는 대로 쏟아부은 탓에 기력이 쇠해 숨을 힐떡거렸다.

군웅들은 어떻게든 도움을 주고 싶은 마음이 간절했으나 어느 누구도 쉽게 나서지 못했다. 두 사람의 절대고수는 그나마 뭔가를 느끼고 공격을 하거나 회피 동작을 하고 있었으나 군웅들은 도무지 무엇이 어떻게 움직여 공격하는지조차 파악할 수 없었기 때문이다.

그렇게 모두 발만 동동 굴리고 있을 때였다.

청색, 황색, 백색의 세 줄기 빛살이 높이 치솟았다가 중앙 쪽에 내리꽂혔다.

이 갑작스런 광경에 모두의 시선이 쏠렸다.

세 가지 빛깔은 땅에 내려선 순간 청의의 노인과 황금빛 장삼의 소녀, 그리고 백의의 청년의 모습이 되었다.

마도 쪽에서 신음 소리가 터져 나왔다.

정파 쪽에서는 경악성이 쏟아졌다.

"천사성모!"

"영호선!"

그러나 그 어느 누구도 광마혈성을 알아본 인물은 없었다. 마도의 고수 중에서는 광마혈성의 얼굴을 본 사람이 없는데다 본 자가 있다고 해도 우화등선이 가까스로 멈춘 상태에서 그나마 광마혈성의 원래 모습 또한 미묘하게 달라졌기 때문이다.

"이쯤이면 됐다."

광마혈성이 만족스럽다는 듯 말했다.

영호선에게 한 말이었지만 정확히는 잠마와 항마에게였다.

창천검성은 이때 한쪽 무릎을 끓고 여간 곤란한 상황이 아니었다. 눈두덩이 부어올랐고 몸을 부들부들 떨고 있었다.

기력을 지나치게 많이 소모한데다 연신 장력에 격중당했기 때문이다. 또한 잠마가 막 창천검성의 머리카락을 움켜쥐려고 하던 찰나이기도 했다.

잠마는 아쉬움이 가득 담긴 눈을 하고 입을 쩝쩝 다시며 돌아왔다.

항마도 물러나자, 불사천마는 자신이 얼마나 큰 행운아인지 깨닫고 있었다. 거칠게 숨을 몰아쉬고는 있지만 창천검성을 보고 있자니 혜택을 입은 것이 이만저만한 것이 아니었다.

그는 사저를 알아보고, 사저 옆에 선 노인을 바라봤다.

언뜻 낯익음이 스쳤다. 분명했다. 사저가 공손한 몸가짐으로 누군가의 옆에 있다는 것은 이분이 바로 사부님이라고 말하는 충분한 증거였다.

단지 그 옆에 젊은 놈의 정체가 궁금했지만 크게 신경 쓰진 않았다. 사부님의 등장으로 인해 이 해괴한 상황이 사부가 꾸민 일이라고 생각했기 때문이다. 그로선 약관도 안 된 젊은 놈이 자신과 창천검성을 몰아붙였다고는 믿을 수 없었다.

그는 사부에게 인사를 드리려 걸음을 옮겼다.

한 걸음, 두 걸음, 그리고 세 걸음째.

휘청!

왼다리가 절로 꺾이며 균형을 잃고 의도하지 않게 손을 휘저었다. 그 탓에 그는 나비가 팔랑이는 것처럼 요상한 춤을 추고 말았다. 공력 소모가 그만큼 컸다는 것을 실감할 수 있었다.

그는 더 이상 걸음을 옮길 엄두가 나지 않아 그 자리에 그냥 서 있기로 했다.

"들어라!"

광마혈성이 일갈했다.

소화산이 뒤흔들리고, 모인 이들은 하나같이 공력이 심후했으나 순간 기혈이 끓어올라 진탕되듯 충격을 받았다. 공력이 바닥을 드러낸 창천검성과 불사천마는 그보다 더 나빴다.

한쪽 무릎을 꿇고 있던 창천검선은 옆으로 픽 쓰러졌고, 불사천마는 다시 나비춤을 췄다.

광마혈성이 말을 이었다.

"오늘의 결과에 따라 패자는 승자의 말을 따라야 한다는 것을 모두 알고 있을 것이다. 너희가 강호인이고, 각 문파와 가문을 대표하는 수장이라면 한마디 말이 얼마나 무거운 줄도 잘 알고 있으리라 믿는다. 마도련주와 무림맹주는 본좌의 제자인 영호선에게 패배했다."

양 진영에서 경악성이 터져 나왔다.

그들 중 영호선의 얼굴은 몰라도 이름을 모르는 이는 없었다. 어떤 이에겐 원수였고, 어떤 이에겐 안타까운 이름이기도 했다.

"당신은 누구요? 왜 이런 짓을 꾸민 것이오?"

창천검성이 겨우 몸을 가누며 물었다. 그의 목소리는 거의 쥐어짠 듯했다.

광마혈성의 입가에 조소가 어렸다.

"나는 광마혈성이다."

그 한마디의 위력은 굉장했다. 모두 숨 쉬는 것조차 잊고 멍해지고 말았다. 정파의 고수들은 죽음을 예감하며 안색이 창백해졌고, 마도의 고수들은 마도의 전설을 눈앞에서 목격하고 있다는 사실에 당장 무릎이라고 꿇어야 하는 것이 아닌지 고민에 휩싸였다.

"미련한 놈들! 아직도 영호선이 항마원의 아이들을 죽였다고 생각하느냐! 너희 모두는 헛다리 짚었다. 아이들을 죽이고, 오늘날 마도와 정도를 전쟁으로 몰아넣은 것은 백 년 전 너희 모두에게 배신당한 사황천이었다."

뭇 고수들이 술렁였다.

"당시 가까스로 목숨을 부지한 사황천 무리가 백 년 동안 준비한 결과가 바로 현재 너희 모두의 모습이다. 너희가 서로를 물고 뜯을 때 사황천과 맞서 그들을 모조리 도륙한 것이 누구라고 생각하느냐! 바로 영호선이다. 사황천은 마도와 정도가 쓰러진 후의 강호 제패를 생각하고 있었다. 네놈들은 한 푼의 힘만 믿고 앞뒤 구분도 못하고, 그토록 사랑하고 아낀다는 이들을 피의 대전으로 몰아넣고 있는 것도 모르고 있었단 말이다. 영호선은 너희를 혼란에 밀어 넣은 것이 아니라 너희를 숨은 세력으로부터 구한 것이다.”

전혀 짐작조차 못하고 있던 사황천의 존재였다.

원로 고수 몇몇은 당시의 사황천을 떠올리며 씁쓸한 표정을 감추지 못했고, 또 어떤 이들은 도무지 믿을 수 없다는 얼굴이었다. 더욱이 영호선이 흉계를 꾸민 사황천을 멸절시켰다는 것은 도무지 납득할 수 없는 일이기도 했다.

“영호선이 그런 능력이 있단 말이오?”

불쑥 정도 진영에서 한 목소리가 물어왔다.

마도 진영에서는 감히 물을 엄두도 내지 못하고 있었다. 그들은 믿기 싫어도 믿어야 하는 처지였다. 도리어 그들은 묻는 놈이 도대체 누구인지 눈을 부라리며 살피고 있을 지경이었다.

“쥐새끼처럼 숨어서 재잘거리다니, 당장 나와라!”

광마혈성이 정도 진영 쪽을 향해 손가락으로 가리키자, 한 사람이 솟구쳐 올랐다. 그는 결코 자의로 신형을 날린 것이 아니라는 것을 증명하듯 팔을 마구 휘저으며 당혹스러운 비명을 내질렀다. 땅에 내려선 상태에서도 신형을 가누지 못하고 비틀거렸다.

정돈되지 않은 백발에 다 떨어져 가는 옷에는 여기저기 기운 자국이 역력했다.

그는 개방 방주 혼천신개 홍일기였다.

얼굴이나 드러난 피부가 더러운 건 아니었다. 단지 겉모습이 거지의 의복으로 추레해 보일 뿐이었다.

"그래, 믿지 못하겠지. 내 제자가 항마칠단인가 뭔가 하는 아이들을 죽이는 데 굳이 손을 더럽힐 필요가 없다는 증거를 보여주마. 영호선!"

"네."

영호선이 공손히 대답했다.

"너는 이 거지 놈의 두 다리를 삼 초 안에 분질러라."

"사, 사부님……."

영호선이 난색을 표했다.

"약하다는 뜻이지?"

광마혈성이 고개를 끄덕이며 말했다.

영호선은 그제야 사부가 관용을 베풀고 있다는 것을 깨달았다. 뼈야 시간이 지나면 붙게 마련이 아닌가. 목줄을 끊어놓으라는 말을 하지 않는 것이 다행스런 일이었다.

"그리하겠습니다."

"좋다. 거기 거지 놈아, 네가 만약 삼 초를 받아낸다면 내 손으로 영호선의 목숨을 거둘 것이고, 항마칠단을 죽였다는 것을 인정하도록 하마. 어떠냐?"

"좋소."

홍일기가 흔쾌히 응했다.

그는 광마혈성이라는 전대의 마도 기인이 대단하다는 것은 인정했지만 난데없이 창천검성과 불사천마를 영호선이 꺾었다고 하는 말이나 사황천 운운하는 것은 믿을 수 없었다.

그는 비록 항마원에서 사질인 양빈을 귀공자로 만든 것에 대해서는 찬사를 아끼고 싶은 마음이 없었지만 항마칠단의 죽음에 대한 의문은 여전히 간직하고 있었다.

그런 마음은 정도인들 대다수의 공통된 생각이기도 했다.

삼 초를 받아낼까 말까 한 것은 개방 방주가 아니라 영호선이 될 것이라고도 생각했다.

"심검까지 갈 것도 없다. 네가 정녕 손에 인정을 둔다면 가만두지 않겠다."

광마혈성이 영호선을 향해 으르렁거렸다.

영호선은 내심 한숨을 내쉬고 홍일기를 향해 포권을 취했다.

"상황이 이러하니 무례를 범하겠습니다. 용서하십시오."

정작 홍일기는 기가 막혔다. 사부라는 작자가 심검 운운하는 것이며 미리 용서를 구하기까지 하다니, 노화가 불같이 치솟았지만 애써 태연한 척 받아쳤다.

"마음껏 공격해도 좋다. 개방은 의를 숭상한다. 일구이언하지 않을 테니 염려 마라."

"감사합니다."

영호선이 고개를 숙였다. 그리고 개방 방주가 준비할 수 있도록 뒤로 이 장여를 물러났다.

홍일기는 소맷자락에서 타구봉을 꺼냈다.

"그럼 갑니다."

영호선이 말했다.

홍일기의 입가에 슬그머니 미소가 떠올랐다.

"그래, 와라."

스윽.

영호선이 간격이란 애초에 없었다는 듯 홍일기의 바로 눈앞에 이르렀다.

홍일기는 영호선의 코가 자신의 코와 맞닿을 만큼 가까이 이른 것에 혼이 빠져나가는 것 같은 충격에 빠졌다.

헉! 하고 절로 경악성이 터져 나오는데 가슴이 불에 덴 듯 화끈해지더니 영호선이 멀어졌다.

그러나 실제로는 영호선은 그 자리에 그대로 서 있었다.

홍일기의 몸이 붕 떠올라 이 장여 너머로 등판을 대고 쓰러진 것일 뿐이었다.

홍일기는 발악하듯 일어나 곧바로 영호선을 덮쳤다.

그는 타구봉으로 경력을 일으켜 목을 찔러갔다.

영호선은 경력을 그대로 받아냈다.

홍일기의 타구봉이 목 언저리까지 이르렀다.

순간 영호선이 손을 뻗어 타구봉을 붙들고 팔을 휘둘렀다.

굳건히 타구봉을 움켜쥐고 있던 홍일기의 몸이 그대로 회전하더니 영호선의 손 위에 들린 채로 수평이 되었다.

"죄송합니다."

영호선이 모두에게 들릴 정도로 말한 후 두 다리를 건드렸다.

뚜드득!

뼈마디가 부러지는 소리가 났다.

홍일기는 그것이 자신의 두 다리에서 난 소리라는 것을 알 수 있었다. 단 이 초 만에 그는 광마혈성의 호언장담이 헛소리가 아니라는 것을 깨달았다.

"으윽!"

영호선이 홍일기의 혈도를 제압하고 땅에 내려놓았다.

홍일기는 고통을 참느라 입을 앙다물었다.

쥐 죽은 듯한 고요가 찾아왔다.

정도와 마도의 뭇 고수들은 눈도 깜박이지 못하고 입을 쩍 벌렸다. 대개방의 방주는 애초에 상대조차 되지 않았던 것이다. 정녕 두 다리를 분지르라는 말은 매우 관대한 처사라고 느껴질 지경이었다. 심검의 경지에 이르렀다는 것 또한 온전히 믿어졌다.

광마혈성은 같잖다는 표정으로 홍일기를 바라보고 정도의 고수들을 향해 말했다.

"자, 또다시 의문이 있는 자는 서슴지 말고 앞으로 나와라."

모두 숨을 죽였다. 그들은 이제 지목을 당할까 노심초사했다.

"영호선이 독한 마음을 먹었다면 누명을 뒤집어쓴 것에 대해 너희 모두의 목숨으로 보상받으려 했을 것이다. 아니, 지금이라도 이 자리에 모두를 도륙할 수도 있다. 이 자리에서 모두 다짐하라. 헛소리를 해도 이 자리에서 해라. 소화산을 내려가는 순간부터 더 이상 분란을 일으키지 않을 것이라고."

第十二章
두개의 별호

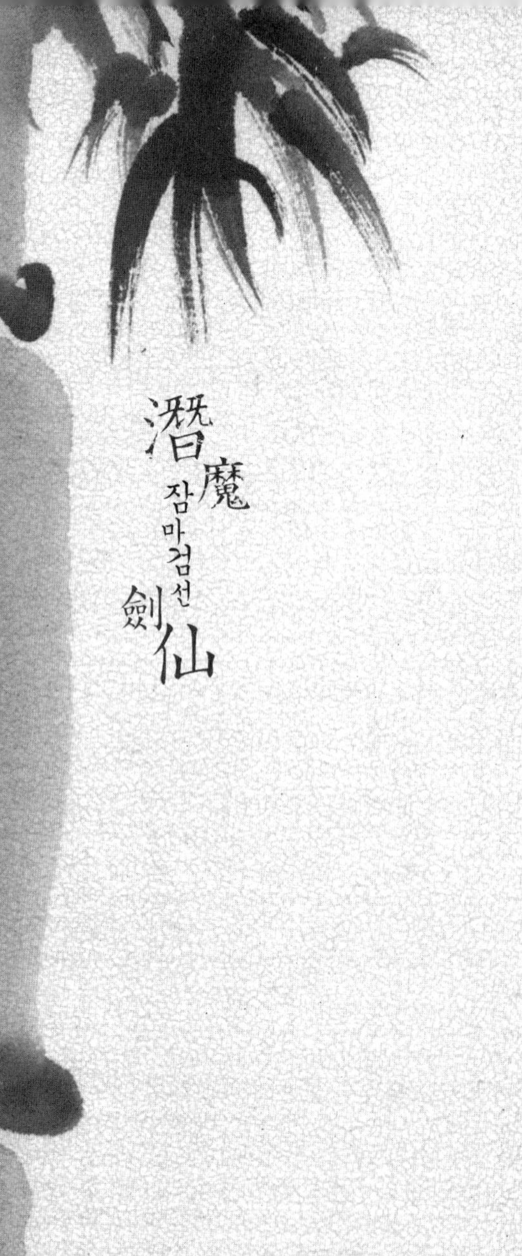

潛魔
잠마검선
劍仙

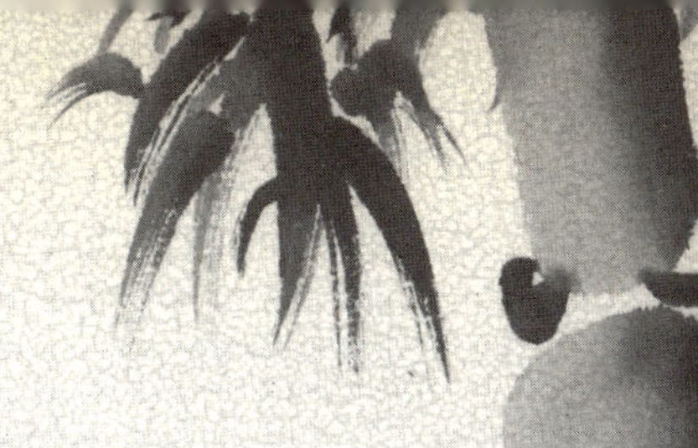

잠마원의 지하 동부에서 영호선은 크게 숨을 들이켰다.

부글부글 들끓으며 흐르는 용암이 반가운 인사를 건네는 것 같았다.

죽음에서 구원받은 곳.

혈마환을 벗어날 수 있도록 이끌어준 공간.

이곳이 아니었다면 이처럼 공기를 마시지 못하였으리라.

다시 올 수 있을까 싶었지만 꿈처럼 다시 지하 동부로 돌아왔다.

주마등처럼 지난 시간들이 빠르게 스치고 지나갔다.

형산에서의 태평하던 나날, 그리고 잠마원의 흡혈야차, 이어 항마원.

사황천주와의 잊지 못할 만남, 그들의 사연.

"참 파란만장했구나."

영호선은 자기도 모르게 미소를 지었다.

이렇게 웃을 수 있다니 이 얼마나 기쁜 일인가.

소화산을 끝으로 모든 일이 마무리되었다.

더 이상 마도의 영호선도 정파의 영호선도 아닌 있는 그대로의 자신이 된 것이다.

당시 가장 기뻐한 것은 형산의 사부님이었다.

사실 영호선은 창천검성과 불사천마를 대적하면서 암중으로 형산의 장문인 조운 진인과 사부인 청허자에게 전음으로 상황을 미리 알려두었다.

모습을 드러낸 후에도 두 사람은 걱정스런 표정을 떨치지 못했으나 영호선이 개방방주 홍일기를 단 이 초 만에 제압하고, 이후 상세한 설명으로 모두를 납득시키자 조운 진인과 청허자는 자기 일처럼 기뻐해 주었다.

이후 영호선은 독선이자 사황천주인 염불망과 따로 만남을 가졌다. 독선은 소화산의 군웅 속에 있었으나 그 자리에서 허심탄회하게 이야기를 나눌 수는 없었기 때문이다.

독선의 눈빛은 마치 해탈한 사람처럼 담담했다.

그리고 두 사람은 서로에게 용서의 말을 하고, 또 서로를 용서했다.

"멍청하니 왜 실실 쪼개고 지랄이냐! 어서 이쪽으로 와라!"

광마혈성이었다.

상념에서 벗어난 영호선이 냉큼 달려갔다.

광마혈성의 좌측을 따라 화운설과 불사천마가 앉아 있었다.

영호선은 광마혈성의 우측에 앉았다.

사부와 온 제자가 한자리에 모인 것이다.

"사부님, 적막하지 않으셨습니까?"

불사천마가 지하 동부를 빙 둘러보며 물었다.

며칠이라면 모를까 수십 년을 살라고 하면 결코 견디기 어려울 것 같다는 표정이 떠올라 있었다.

광마혈성이 클클거렸다.

"적막할 틈이 없었다. 머리가 매우 복잡했거든. 게다가 한 놈씩 툭툭 기어들어 오지 뭐냐. 검절에 이놈에."

광마혈성이 영호선을 턱으로 가리켰다.

"용암어도 일품이니 굳이 나갈 마음이 들지 않았다."

"사부님, 우리 용암어 먹어요. 네?"

화운설이 그제야 생각났다는 듯 응석을 부렸다.

"당연하지. 네놈들을 이곳에 부른 것도 용암어 때문이니까. 셋째가 잡아와라."

"제가 왜요?"

영호선이 뚱하니 입술을 내밀었다.

"네놈이 막내잖아."

불사천마가 말했다.

"제가 사형보다 강하지 않습니까?"

"뭐야?"

불사천마가 발끈한 순간,

짜악!

영호선의 목이 시원스럽게 돌아갔다.

불사천마가 미처 발작하기도 전에 광마혈성의 손이 허공을 가른 것이다.

언제나처럼 익숙한 손맛.

영호선은 목을 바로하고 투덜거렸다.

"아, 농담이었어요. 우리 사문은 너무 경직되어 있다니까. 항마, 잡아와!"

이내 용암이 출렁였다.

"농담이었나? 하하하하!"

광마혈성이 웃음을 터뜨렸다.

불사천마가 그런 광마혈성을 못마땅하다는 듯 바라봤다.

"아무리 내리사랑이라지만 사부님은 셋째에게 너무 관대

하십니다."

그리고 영호선을 향해 주먹을 들어 보였다.

"한 번만 더 까불면 그땐 죽을 줄 알아라."

"네네네, 그럼요. 알아서 모시겠습니다."

"클클, 하긴, 태유 네놈이 제일 보잘것없긴 하지."

"사부님~!"

불사천마가 당장 울 듯한 표정으로 외쳤다.

"틀린 말 했냐?"

그때 항마가 튀어나와 용암어를 여덟 마리나 들고 나왔다.

물론 영호선과 광마혈성만 볼 수 있을 뿐이었다.

화운설이 박수를 쳤다.

"와, 두 마리씩 먹을 수 있겠다."

영호선이 회를 떠 광마혈성부터 서열대로 대령했다.

"화 푸세요, 사형. 헤헤헤."

용암어를 건네며 웃자, 불사천마도 그만 허허거리고 말았
다.

"와, 정말 맛이 기가 막힌대요. 사부님, 자주 와도 되죠?"

화운설이 탄성을 아끼지 않았다.

"그래, 와서 실컷 배터지게 먹어라."

"야, 이거 진짜 끝내주네!"

불사천마도 언제 화가 났냐는 듯 감탄사를 연발했다.

네 사람은 순식간에 용암어를 해치웠다. 덕분에 항마는 정신없이 용암으로 뛰어들어 가야 했다.

용암어로 배를 든든할 정도가 되었을 때, 불사천마가 입을 열었다.

"애들이 네놈을 잠마혈성이라고 부르더구나."

영호선이 어깨를 으쓱했다.

"예전엔 잠마광견, 흡혈야차라고 했어요. 거기에 비하면 잠마혈성은 최고의 별호죠."

"정파에서는 항마검선이라고 부른다면서?"

화운설이 끼어들었다.

영호선은 다시 어깨를 으쓱했다.

"별호가 동시대에 여기저기에서 두 개가 붙은 것은 제가 처음일 거예요. 이걸 좋아해야 하는 건지 싫다고 해야 하는 건지……."

"그래서 말인데… 네 녀석이 잠마원을 맡아주는 것은 어떠냐?"

불사천마였다.

"소요마선은 어떻게 하고요?"

예전 같으면 잠마원주님이라거나 소요마선님이라고 불렸을 테지만 이미 영호선의 배분은 마도에서도 꼭대기 층에 올라 있었기에 존대를 쓰지 않았다. 그건 광마혈성의 명이기도 했다.

"소요마선은 여러 가지 실수를 저질렀다."

"잠마원주 자리는 너무 거창해서 싫어요. 교두라면 모를까."

"고작 교두?"

화운설이 눈살을 찌푸렸다.

"그게… 사실은 말이죠……."

"사실은?"

불사천마와 화운설이 동시에 물었다.

"무림맹주도 사형과 비슷한 이야기를 했거든요."

"항마원주를 맡으라고 했단 말이냐?"

"그건 아니고, 교관으로 와주었으면 하는 말을 들었어요."

"원주도 아니고 교관이라고? 말도 안 돼. 그 멍청이들, 무슨 생각을 하는 거야! 무림맹주를 해달라고 사정을 해도 가당치 않을 판에. 거절했지?"

화운설이었다.

"아뇨. 하겠다고 했어요."

"당장 집어치워! 체면이 있지!"

화운설은 주먹이라도 날릴 기세였다.

"사형, 그러지 말고 잠마원주는 소요마선에게 맡겨두고 제게 교두 자리를 주시는 건 어때요?"

불사천마가 마음이 들지 않는다는 듯 입을 쩝쩝거렸다.

결정은 가만히 듣고 있던 광마혈성이 내렸다.

"교관도 하고 교두도 해. 그게 네놈한테 맞겠다. 그래서 별호도 두 개 아니냐. 물론 천하의 광마혈성의 제자인 만큼 특별 교두, 이런 식으로 불려야겠지. 권한은 원주를 능가해야겠고."

이야기 끝.

불사천마가 벙찐 표정을 짓긴 했지만 토를 달진 않았다.

화운설은 흔쾌히 고개를 끄덕이고 있었다. 원래부터 그렇게 생각하고 있었던 사람인 양 천연덕스럽기 짝이 없었다.

"사부님 말씀이 옳아요. 대신 저는 잠마원과 항마원의 기재들이 한 해에 두어 달가량은 서로 교환해 가며 교육을 받도록 했으면 싶어요. 일 년 중에 그 기간 동안만 제가 가르치는 거죠. 이 내용은 무림맹주와도 이야기를 나눈 부분이에요."

"흠, 교류라……."

불사천마는 턱을 어루만지며 고민에 빠졌다.

"계속 고민할래, 아니면 처맞을래?"

광마혈성이 툭하고 말을 뱉었다.

영호선은 희미하게 웃음을 지었다. 실제로 지하 동부에 들어오기 전 애걸복걸하다시피 사부에게 간청한 것이 효력을 여실히 발휘하고 있었기 때문이다.

영호선으로서는 사형이 잠마원주든 교두 자리든 말을 꺼내지 않았다면 먼저 말을 꺼냈을 터였다.

훗날 마도와 정도의 기둥이 될 기재들이 서로 친구가 될 수 있다면 강호의 별들이 속절없이 지는 일은 없을 것이다.

불사천마가 끙 소리를 내고는 고개를 끄덕였다.

"그렇게 하자."

*　　　*　　　*

이 년 후.

유유히 흐르는 달빛은 잠마원에도 뿌려지고 있었다.

삼층 창가로 흘러내리는 달빛을 영호선은 간단히 무시했다.

지금은 그보다 더 아름다운 것이 눈앞에 있었다.

별빛처럼 반짝이는 눈은 감겨 있다.

그 아래 앵두 같은 입술이 미세하게 떨리는 것이 보였다.

영호선은 유은령의 어깨를 살며시 붙들고 그녀의 입술로 향했다.

달빛이 부끄러운 듯 구름 속으로 숨어들어 갔다.

그때였다.

쾅!

　문짝이 박살나는 소리와 함께 영호선과 유은령은 문으로 시선을 던졌다.

　오른쪽 다리에 붕대를 감고 목발을 짚은 채로 유극량이 서 있었다.

　오후 교육 때 다른 조를 향해 시비를 걸며 검을 멋대로 휘두르기에 가볍게 손을 봐준 터였다.

　"사과하십시오."

　영호선은 옛 생각이 나 그만 클클거리며 웃고 말았다.

　영락없이 자신의 모습이 아닌가. 당시에도 교두 현원령이 유은령의 이모와 막 입맞춤을 하려는 참이었다.

　원래대로라면 사흘 전에 항마원의 기재들이 교환 교육을 마치고 돌아간 터라 영호선은 당분간 자유의 몸이 되어야 마땅했다.

　하지만 원래 교육을 담당하던 수라검마가 가문의 행사로 자리를 비울 수밖에 없다며 부탁했기에 대신 그 자리를 채워 준 것이었다.

　영호선은 현원령이 그랬던 것처럼 험악하게 굴고 싶지는 않았다.

　"그래, 내가 좀 심……."

　영호선의 말은 더 이상 이어지지 못했다.

　"네놈이 감히!"

유은령이 호통을 내지르고 달려가 유극량의 멱살을 잡고 창밖으로 던져 버린 것이다.

"으아아악!"

비명 소리가 요란하게 들렸지만 수박 터지는 소리는 없는 것으로 보아 별 탈은 없어 보였다.

유은령이 돌아서며 어깨를 으쓱했다.

무르익었던 분위기는 온데간데없었다. 방 안의 분위기부터 사뭇 달라졌다. 문짝부터 멋지게 나자빠져 있지 않는가.

"독안마의한테 다녀와야겠어."

영호선이 말했다.

"왜?"

유은령이 눈을 동그랗게 떴다.

"녀석을 한 열흘가량은 의료방에 눕혀놓으라고."

"좋아."

"하하하하!"

終章

潛魔劍仙

잠마검선

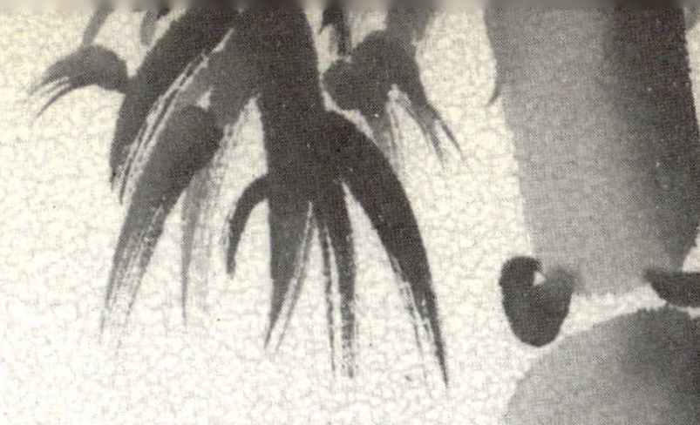

1

그건 정말이지, 갑작스럽게 떠오른 일이었다.

왜 잊고 있었을까?

호랑이 고기를 뜯던 영호선(令狐仙)이 문득 손을 멈췄다.

갑자기 가슴이 울컥한다.

손에 든 고기 한 점을 보니 잊고 있던 그날이 떠올라 버린 것이다.

"금마(擒魔)……."

그래, 금마 그놈만 아니었어도 삶이 이렇게 뒤죽박죽이 되지는 않았을 것이다. 물론 지금은 추억이 되었지만 스스로 원해서 만들어진 추억이 아니라는 점이 문제다.

"허허, 생각할수록 화가 나네."

영호선이 손에 든 고기를 내려놓았다.

호랑이 고기 맛도 떨어져 버렸다.

곧 영호선은 자리를 떨치고 일어났다.

"정말 생각할수록 화가 나잖아! 금마 이 자식을 내가 왜 잊고 있었지! 와우, 성질나네!"

모든 일이 잘 마무리되었음에도 어쩐지 뭔가 찜찜하더라니.

그래, 그건 금마를 처리하지 않았기 때문이었어. 이제 알겠다는 듯 영호선이 눈을 빛냈다.

"금마 이놈을 잡아 죽여야겠어. 아니, 아니다. 그냥 죽일 순 없지. 놈에게도 멋진 추억을 만들어줘야 해. 일단 족히 일 년은 패고 시작해야셌시?"

이윽고 영호선의 신형이 한줄기 빛이 되어 창공(蒼空)을 갈랐다.

잠마혈성(潛魔血星)!

항마검선(降魔劍仙)!

두 상반된 별호를 지닌 영호선이 마지막으로 늙은 쥐를 잡기 위해 빛이 되었다.

2

부르르.

동굴 안 어둠 속에서 금마는 무릎을 세우고 두 팔로 감싼 채로 정신없이 몸을 떨어댔다. 미친 듯이 도망 다닌 결과, 얼굴은 더욱 늙고 초췌하기 이를 데 없었다.

금마는 알고 있었다.

언젠가는 잡힐 것이다. 벗어날 수 없다는 것을 잘 알고 있다. 어느 누가 영호선의 손아귀에서 자기를 지켜줄 수 있겠는가. 하지만 잡히고 싶지 않다.

부르르.

몸을 떠는 중에 영호선의 얼굴이 떠오르자 절로 긴 한숨이 쏟아진다.

"영호선! 마도(魔道)의 잠마혈성, 정파(正派)의 항마검선!"

제길, 아무 일 없기에 잊어버린 줄 알았거늘. 그런데 어느 날 갑자기 잡으러 다니고 있다. 이 나이 먹어 산야를 전전하며 언제까지 도망 다녀야 하는지 알 수가 없다.

금마는 잠시 헛된 상상을 불러왔다.

'다시 과거로 돌아갈 수만 있다면 얼마나 좋을까!'

금마는 과거로 돌아갈 수만 있다면 어느 지점이 좋을지 과거의 기억을 되돌아봤다.

"그때 영호선 그놈을 데리고 가는 것이 아니었어."

지금 와서 후회한들 무슨 소용이 있으랴.

하지만 그래도 자꾸만 후회가 끝없이 밀려든다.

"곡주가 족쳐 대지만 않았다면, 그날 영호선을 만나지 않았더라면, 그때 호랑이 고기에 호기심을 품지만 않았더라도, 아니, 그전에 혈마환 한 알을 찾아내지만 않았어도, 차라리 거리의 점소이를 잡아갔더라면……"

꼬리에 꼬리를 물고 후회가 이어진다.

당시 영호선은 그저 형산(衡山)의 애송이였을 뿐이다. 그때라면 이렇게 도망칠 필요도 없이 일장에 쳐 죽일 수 있을 텐데, 현실은 일장에 쳐 맞아 죽는 것이다.

돌아가고 싶다. 흑흑흑.

"정말… 돌아가고 싶어."

처절한 절규에 동굴 주인인 박쥐 떼가 우르르 이동했다.

"아! 그때 형산파(衡山派)의 장문인이 조운 진인(造雲眞人)
이었던가!"

「잠마검선」 끝

少林棍王

소림 곤왕

한성수 新무협 판타지 소설

감동의 행진을 멈추지 않는 작가 한성수!

구대문파 시리즈의 두 번째 이야기 『소림곤왕』!!
그 화려한 무림행이 펼쳐진다

"너는 지금부터 날 사부님이라 불러야만 하느니라.
소림사의 파문제자인 나, 보종의 제자가 되어서 앞으로 군소리없이 수발을 들고 모진
고통을 이겨내며 무공 수련을 해야만 한다."

잡극계의 천금공지 엽자건!
소림의 파문제자 보종의 제자가 되다!!

역사와 가상.
실존의 천하제일인과 가상의 천하제일인에 도전하는 주인공!
이제부터 들어갑니다. 부디 마음껏 즐겨주시기 바랍니다.
 - 작가 서문 中에서.

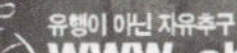

유행이 아닌 자유추구 -
WWW. chungeoram.com
Book Publishing CHUNGEORAM

覇君
패군
설봉 新무협 판타지 소설

**무협계를 경동시킨 작가, 설봉!
그가 다시금 전설을 만들어간다!!**

수명판(受命板)에 놓고 간 목숨을 거둔 기록 이백사십칠 회!
생사를 넘나드는 전장에서 매번 살아 돌아오는 자, 계야부.
무총(武總)과 안선(眼線)의 세력 싸움에 끼어들다!

"죽일 생각이었으면 벌써 죽였다. 얌전히 가자."
"얌전히. 그 말…… 나를 아는 놈들은 그런 말 안 써."
무총은 그를 공격하지 않는다. 공격할 이유가 없다.
다른 사람들은 그의 존재조차도 알지 못한다.
오직 한 군데, 안선만이 그를 안다.
필요하면 부르고, 필요치 않으면 버리는
철면피 집단이 다시 자신을 찾아왔다.

나, 계야부! 이제 어느 누구에게도 휘둘리지 않겠다!!

귀도풍운

원수를 가르치고 원수에게 배워…
서로의 심장에 칼을 겨누는 것이
숙명인 저주받은 도법,

수라도(修羅刀)。

그 기원을 알 수조차 없을 만큼 수많은 세월을 이어져 내려온 이 도법은
새로운 피의 숙명을 잉태하였다.

저주받은 피의 고리를 끊어버릴 것인가,
체념한 채로 운명에 순응할 것인가.

유행이 아닌 자유추구 -
WWW. chungeoram.com
Book Publishing CHUNGEORAM